Lotte Musyl • Sommerglut

Lotte Musyl

Sommerglut

FOUQUÉ PUBLISHERS NEW YORK

Copyright ©2011 by Fouqué Publishers New York
Originally published as *Sommerglut, 2009*
by August von Goethe Literaturverlag

First American Edition
Printed on acid-free paper

Library of Congress Cataloging-in-Publication Data
Musyl, Lotte
Sommerglut / Lotte Musyl
1st American ed.

ISBN 978-0-578-08553-1

Danke an Claudia Fischer für junge Hilfe.

Nun aber bleiben Glaube, Hoffnung, Liebe, diese drei;
die größte aber von diesen ist die Liebe.

1. Korinther 13:13

Sommerglut

DA IST ER nun, der Herbst. – Mein Gott, welch seltene Klarheit in der Luft, welche Reinheit der Farben, welches Überströmen an Gold in jeglichem Licht! Der Wind, der mich umfängt, ist frisch und kühlt mein Blut genauso stark, wie er die Kraft der Sonnenstrahlen mindert.

Winter wird werden. Die Tage der Wärme, des guten Lichtes, die Tage des Gesanges und der Fröhlichkeit sind gezählt. Sind es nur noch Stunden? Winter wird werden und Ruhe wird sein, und Schlaf unter dem Schnee. –

Aber jetzt wird das Heute gelebt und jeder Halm, jedes Blatt scheint von der Kostbarkeit des Augenblicks durchdrungen.

Mein Gott – und jeder Augenblick durchdringt mein Leben in seiner Rarität und Seltsamkeit, daß auch meine Seele zu leuchten beginnt im Gold des Abschieds. Wir haben nur mehr wenige Stunden vor uns, vielleicht nur einen Augenblick – geliebter Mann. – Vielleicht auch nur das Ahnen, einander nahe zu sein. Einundzwanzig Tage voller Möglichkeit, voller Hoffnung, einundzwanzig Tage, von denen jeder die letzte Begegnung bringen kann. Ich will diese Tage in mir leuchten lassen und die Liebe so reif werden wie alle goldene Frucht und will demütig sein wie die Erde selbst.

Winter wird werden auch für mich. Nun weiß ich es. Es wird das Dunkel beginnen und die Nebel und die Kälte. Ob ich die Kraft zu neuem Frühling wiederfinde in der Ruhe und dem Träumen? Ob die kristallene Härte des Frostes Eis in mein Herz bringt, durchsichtig und schneeweiß vor neugewonnener Unschuld? Darf ein Mensch noch so sehr Natur sein?

Genaugenommen weiß ich es seit zwei Tagen, daß Du fortgehst – und obwohl das Wissen um unsere Trennung unumstößlich und unausweichlich für uns beide war, ist dieses genaue Kennen des Datums eine grenzenlose Härte. – Ob Bäume froh sind, wenn das Jahr zu Ende geht, die Frucht gereift ist und die Schönheit zu einer letzten Ekstase in Farbe und Glut bereit ist? Ob ein Baum sich nur deshalb so ganz verströmt und verschenkt und all seinen Schmuck, die Krone seines Lebens hinwirft, weil er um den kommenden Frieden weiß?

Du gehst fort. Und ich kenne das Datum. Und ich will diese letzten Tage leben in der vollen Bewußtheit jeder Minute, in der vollen Kraft meiner Liebe und meines Glücks. Dennoch muß ich schweigen können und behutsam sein. Denn ich habe einen Mann und Kinder – was können *die* für meinen Herbst. Was, Herrgott, kann *ich* dafür?

Ob ich froh bin, wenn die wahrscheinlich glücklichste Zeit meines Lebens zu Ende geht? Ob das Wissen um das Datum, dieser brennende, mit Sicherheit zu erwartende Schmerz allein die Kraft zu diesem Aufbäumen allen Gefühls verleiht – daß ich Deinen Namen vor mich hinsage, leise, und jeden einzelnen Buchstaben liebkosend – Gerhard. Ein helles sieghaftes Wort.

Heute vor einer Woche sah ich Dich zum letzten Mal.

Sollte es kein allerletztes Mal mehr geben in diesen drei Wochen? Warum auch kann ich jedes Wort nur an Dich richten, an das Du? Ist es mir unmöglich, von Dir in der dritten Person zu denken? – Ich sah Dich heute vor einer Woche und wir wußten nichts von der uns gesetzten Grenze. Ich glaube, wir hatten uns beide eingebildet, voneinander losgelöst über alltägliche Dinge reden zu können. Über den Hund, das Sonntagsprogramm, unsere Kinder. Aber schwang nicht auch bei dieser letzten Begegnung um die Mittagsstunde zwischen Kochtöpfen und Kinderlachen diese alles überstrahlende Freude, diese selige Einfachheit um uns, die jede kurze Minute unserer Gespräche erhellte?

Ob ich froh bin, fragte ich mich, froh, wenn ich um kommendes Dunkel weiß, das auch Ruhe bedeutet und Frieden?

Ich glaube, ja.

Der Frühling des vergangenen Jahres, der Frühling war voller Stürme, rauh, ungebärdig, trotzig und kalt. Es war ein wilder, verzweifelter Frühling, der die Hoffnungslosigkeit des Frostes gleichermaßen in sich trug, wie alle Feuer und das flammende Leben des hohen Sommers.

Gerhard ist viele Jahre jünger als ich. Schon dieses auszusprechen bedarf es für eine Frau eines gewissen Mutes. Und dem jungen Mädchen ist es nicht möglich, an solches zu glauben, was ihm dann in reifen Jahren widerfährt. Er ist um vieles jünger und der helle Name steht in ebensolchem Gegensatz zu dem meinen, dem dunklen Viola. Wer war eigentlich auf die Idee gekommen, mich so zu nennen – steht in ebensolchem Gegensatz wie unser Alter, der Grad unserer Reife und Lebenserfahrung. Wie nur ist es möglich, daß ein einziger Blick unserer Augen immer wieder jede Schranke hinwegfegt und uns in fast schonungsloser Offenheit preisgibt?

Welcher Narr stellt den ungebärdigen Höhepunkt eines Geschehens an den Anfang seiner Erzählung? – Ich wage es zu tun und beginne mit der brausenden Frühlingsnacht, da der Sturm um das Haus tobte, Regen an die Fensterläden schlug, meine Hände unter dem Kopfkissen den Brief meines Mannes festhielten, meine Lippen aber Deinen Namen flüsterten – Gerhard – und mein irres Herz sich sehnte nach Ruhe und Schlaf.

Eine seltsam unwirkliche Nacht, in der sich der Ton der Hausglocke ebenso verirrte wie mein jagender Puls.

In dem Rahmen der geöffneten Tür standest Du. Sagtest kein Wort. Sahst mich nur an – ein Ja auf alles Suchen, Zweifeln, Hoffen.

DIE TAGE verstreichen in seltsamer Hast. Sechzehn nur mehr sind es, die alle Möglichkeit und alles Leben in sich verbergen. Es war gestern, daß ich schrieb, ich sah Dich vor einer Woche zum letzten Mal. Wäre es doch zum letzten Mal gewesen, in jener heiteren, unbeschwerten Atmosphäre! Ich habe Dich wiedergesehen. Ich hörte Deinen Schritt, die Freude des Hundes vor der Tür, Dein Läuten. Noch einmal dieses Ersterben jeglicher Umwelt, dieses totale Alleinsein mit Deinen Lippen auf meiner rechten Hand. Nun weiß ich es, daß ich froh bin, diesen Schmerz in sechzehn Tagen erwarten zu dürfen, froh bin, diesen Herbst zu atmen und auf den ersten Frost zu warten. Welcher Körper um Gottes willen ist imstande, solche Belastung auf Dauer zu ertragen? Wir sahen uns an und in mir tobten Freude, Glück, Dankbarkeit, Verlegenheit und Not für-, mit- und gegeneinander. Robert trat aus dem Zimmer – wir wollten eben ausgehen – das Haus war schon bereit zur Nacht und unwirtlich bot es jedem Gast eine verschlossene Stirn. Offene Betten, Frühstücksgeschirr, Kinder im Badezimmer und über den Schulsachen. – Mein Glück und meine Dankbarkeit einem Gotte gegenüber, der es mir erlaubte, Dir hübsch und gepflegt entgegenzutreten, der meine Mühen um eine tadellose Frisur und eine nette Bluse nicht mißachtet hatte, mischten sich mit der Erkenntnis totaler Machtlosigkeit, der brutalen Härte ebenderselben (oder anderer) Macht gegenüber, die mir nicht gestattete, auch nur *ein* Wort an Dich allein zu richten.

Gott. Wo bitte und wann in unserem Leben offenbart sich eine außerhalb unseres Willens, unseres Begreifens und Verstehens gelegene Macht ebenso gewaltig, unbarmherzig, gleichsam beseligend wie verdammend, denn in der Liebe? – Hätte einer unseren Verstand je gefragt vor zwei Jahren, oder heute: Wollt ihr einander verfallen, euch angehören, euch lieben? Wir hätten beide geschrien und schrien es in diesem Augenblick noch ebenso laut und klar: nein! Hätte einer unsere Hände genommen und die Leiber einander spüren lassen und dann die gleiche Frage gestellt – nicht weniger klar und präzise käme auch noch das Nein.

Aber, und dies ist wohl der Schlüssel zu aller Demut des Gottglaubens, zu aller Liebe, zum Leben selbst. – Wir begegneten uns, wir wurden einander vorgestellt, wie Tausende andere Menschen auch. Robert brachte Dich an einem Abend mit, wie Tausende Männer einen jungen Berufskollegen mit nach Hause bringen. Und vom ersten Augenblick an war dieses schrankenlose Beieinandersein um uns, das bis zum gestrigen Abend unverändert geblieben ist.

Daß wir uns erkannten, war wenige Tage später, als wir zum ersten Male miteinander tanzten auf dem Ball von Roberts Firma. Ohne Verwunderung, mit leichtem Staunen stellten wir es beide fest: „Das bist also Du." Freilich sprach es keiner von uns aus und ein volles

Jahr lang versuchte ich mir einzureden, es wäre nur *mein* Empfinden allein gewesen, obwohl in meinem tiefsten unbewußten Fühlen die Gewißheit um den Gleichklang in uns ganz sicher und unumstößlich war. Nach jenem Tanze und dem Erkennen fanden wir uns in einer Ecke des Saales einander gegenüber und meine linke Hand lag in Deinem Haar. Und von diesem Augenblick an gebrauchte ich das Du in jedem Gedanken an Dich und damals in wenigen Worten auch laut gesprochen. Dein Mund kam mir so nahe, daß unsere Lippen sich hätten berühren können. Aber Du erwachtest zuerst wie aus einem Traume, ein eigenartiges Erschrecken in den Augen, dieses Erschrecken vor jener Macht, die außerhalb von Verstand und Willen liegt, und wir versuchten voneinander fortzukommen und ich ließ mich von Robert heimbringen, unfähig zu erfassen, was mir widerfahren war.

WOLLTEN NUR die Tränen mich nicht bedrängen, während ich schreibe! Und das Wissen mich nicht quälen, daß Du wenige Minuten von mir, fast in Rufweite, auch an einem Schreibtisch sitzt und die von Menschengeist ersonnene Ordnung mich abhalten muß, diese wenigen Minuten einfach zu durchschreiten, um bei Dir zu sein.
Gott – nichts bringt uns dem Unbegreiflichen so nahe wie Liebe.

Hauch von Gottes Atem
Ahnung vom Ewigen.
Erkenntnis der eigenen
Unzulänglichkeit

Brennpunkt des Lebens
Urgewalt der Natur
gleich einem Orkan
gleich einem Blitzschlag
gleich einem Sonnenaufgang

Zart wie ein Gänseblümchen
groß wie das Rad
der Sonnenblume
scheu wie das Veilchen und
überschwenglich wie das Leuchten
von Dahlien.

Unabwendbares Schicksal ebenso
wie unerfüllter Traum.

Monate nach diesem ersten Erkennen war's, daß ich diese Worte
schrieb. Nach dem ersten Frühling, dem ersten Staunen, an dem Tag,
da ich meine Zugehörigkeit zu Dir als Liebe empfand. Es war ein Abschied für mehrere Monate damals und unsere nach außen so lose
Bekanntschaft verbot uns sogar die konventionellen Worte. – Ich war
in Roberts Büro, wartete auf ihn, stand am Fenster. Da sah ich Dich
über den Hof kommen. Wußte, wir würden uns nicht mehr sprechen
– Du hattest eine lange Reise ins Ausland vor Dir – wußte, ich könne
Dich erst in vielen Wochen wiedersehen, wußte, daß ich mit *einem*
Blick Abschied nehmen müßte von Deiner Gestalt, von Dir. Wußte
plötzlich, daß ich liebe. Daß ich *Dich* liebe. Wußte es so plötzlich, eindeutig und genau, daß ich mich am Fensterbrett anklammern mußte

und meine Lippen aufeinanderpressen, um mich wieder in die Gewalt zu bekommen.

EBEN LÄUTEN die Glocken den Mittag ein. Fünfzehneinhalb Tage noch! Und Du sitzt beim Essen jetzt, drüben, in der Werkskantine. Oh, ich wünschte, daß Dir der Bissen im Halse stecken bliebe, wenn Du jetzt lachen kannst und plaudern und alle Vergangenheit vergessen hast!
Sehnsucht –
Heilige Maria –
Natürlich kann man Gott hassen, wie man jede Macht hassen kann, wie man jeden Diktator glühend liebt oder hasst. Aber was ändert das an seiner Größe?
Heilige Maria –
Alle Religion kommt uns nahe, wenn wir lieben. Alles Begreifen für Achtung, Verehrung, Anbetung wird deutlich und klar. Wer, Maria, warst Du?

Freitag ist heute – mein zehnter Hochzeitstag. Robert – Bertl! Was eigentlich ist die Ehe? Vor zehn Jahren haben wir gelobt, zueinander zu stehen, was immer auch kommen möge. Kennt die Religion in ihrem Schwur den Begriff ewiger Liebe? Oder ist auch hier eine Tür nicht ganz verschlossen wie in diesem Gebot: Du sollst nicht begehren Deines Nächsten Weib. Begehren heißt das Wort, nicht lieben. Und wann kann eine Grenze gezogen werden zwischen begehren und lieben? Verschmilzt nicht zwangsläufig beides zu einem Ganzen, so wie Leib und Seele erst den Menschen ausmachen?
Zehn Jahre! Wer könnte von sich behaupten, zehn Jahre ungetrübten Glücks genossen zu haben? Meine zehn Jahre waren gut. Nicht eben leicht – aber wollte ich ein leichtes Leben? Es waren gute Jahre voll Innigkeit, Hoffnung, Liebe, Qual, Sorge und Freude. Keine Stunde möchte ich davon verschenken. Ich bin froh über mein Haus, meine wilden, ungebärdigen Kinder, meinen Mann.

Gerhard sagte einmal zu mir: „Ich möchte keine andere Frau als meine Inge." Und ich konnte aus voller überlegter Überzeugung antworten: „Und ich will mit keinem anderen verheiratet sein als mit Robert."
Sprach damals nur mein Verstand, oder gibt es doch verschiedene Schattierungen von Liebe? Ist es möglich, einen Partner zu haben, einen Kameraden, dem man in Dankbarkeit treu – ich wage es dennoch zu sagen – treu verbunden ist, und gleichzeitig solchen Jubel zu empfinden, weil man in eines Menschen Augen Zuneigung und Achtung liest? Gerade an dem Tag, an dem wir diese Worte für uns selbst sprachen, vielleicht nur, um uns selbst die Rechtfertigung für die eigene Haltung zu geben, standen wir einander gegenüber und Deine leise Stimme, Gerhard, sprach Worte wie: „In Deine Augen zu sehen ist solch eine Seligkeit, solch eine Wonne, ist –" und ich ergänzte einfach: „ist Glück." Und von dieser Erkenntnis getroffen gingen wir damals schnell auseinander, ohne uns zu berühren, ohne uns anzusehen. – Robert schüttelte den Kopf über Dich, rief Dir nach, aber Du gingst, ohne Dich umzuwenden. Und so wirst Du auch in vierzehn Tagen gehen. Schweigend und ohne Dich umzusehen. Wären sechzehn Tage schon vorüber! Hätte ich den Schmerz schon hinter mir! Wüßte ich schon, wie ein Tag aussieht, der ohne jede Hoffnung beginnt!

Besteht heute die Möglichkeit Dich wiederzusehen? Für einen Abend, für ein paar Stunden? Wie oft noch wird es die Möglichkeit geben? Wie oft schon trieb mich die Angst einen Tag entlang, die Angst, Du könntest im letzten Moment absagen, es Dir überlegen, Dir selbst, mir, Deinem Gefühl, dem Leben selbst ausweichen! –

Die Nacht ist um und wir haben einander gesehen. Wir haben einander an den Händen gehalten!! Heilige Maria wie habe ich gebetet, wie habe ich gefleht! Oh Maria, die sie Dich heilig nennen in ihrer katholischen Religion – ich kann Dich nicht Mutter nennen, Schwester ruf ich Dich, Schwester! Du, Maria, mußt so geliebt haben, mußt tiefer noch, gläubiger geliebt haben, da Du solch ein Kind gebären durftest und Gott selbst Dir Josef sandte, geblendet von soviel Hingabe und Reife. Wieviel mußt Du, Maria, um Deiner großen Liebe gelitten haben, wieviel verschwiegen, wenn doch die Menschen Jahrtausende lang an Dir heilig nennen, was sie an allen, die rundumher leben, verwerfen würden. Wieviel muß gelitten werden, daß Menschen es für Größe anerkennen?

Der Herr war mit Dir und gebenedeit ist die Frucht Deines Leibes. Mir war diese Größe nicht gewährt, obwohl ich mich sehnte danach, mit aller mir zu Gebote stehenden Innigkeit. Ein Kind hätte ich tragen wollen, ein Kind solch einer Liebe – mir fehlte die Kraft zur letzten Hingabe, mir fehlte die Fähigkeit, mich selbst aufzugeben. Gott stand an der Seite von Inge, Gerhards junger Frau, an der Seite meiner Familie.

Blöde, dem armseligen Menschengehirn entsprungene Frage: Warum?

Ein halbes Jahr lang hatten wir beide Leib und Seele mit unserem Verstand gepeitscht. Uns an die scheinbar vorbestimmten Plätze hingerungen. Einander nie berührt, gesprochen nur in Gegenwart von aufmerksamen Zeugen. Ein halbes Jahr lang haben wir einander kaum angesehen.

Und nun dieser aufbrandende Jubel, diese atemlose Glückseligkeit in dem Berühren zweier Hände, diese scheue Liebkosung, diese sehnsüchtige Zärtlichkeit – und dann das Aneinanderklammern mit verzweifelten Fingern, dieses aufgebäumte „Nein" in der verborgenen Gebärde, diese Preisgabe von gleichgelittener Qual in Fleisch und Blut! Nie mehr allein sein! Nie allein gewesen sein in Hoffnung und Zusammengehörigkeit.

Bertl neben mir, an meiner anderen Seite. Zum Verschweigen zwingend und zur Frage: Bin ich schlecht?

Ich trinke auf die Kameradschaft mit dem Einen, durch zehn gute Jahre, und halte die Hand des Mannes, der dann später die Worte ins Dunkel der Nacht spricht: „Ich bin so dankbar für das Leben,

16

jeden Augenblick so glücklich, daß ich lebe – so schlecht kann's mir gar nicht gehen, daß es mir nicht gut geht –"
Welche Macht läßt zwei Menschen so glückselig gleich empfinden, welche Macht schenkt uns die Windstille solcher Dunkelheit, die Herbstreife solchen Vollmondes? Welche Macht ließ mich am gleichen Morgen sagen: „Herrgott, ich liebe jeden Atemzug deines Lebens!?" –

SCHÖPFE AUS das Wort trostlos. In seiner ganzen Weite und Tiefe, in seiner unendlich dürren Einsamkeit, in seiner qualvollen Not, in der ganzen grundlosen, uferlosen, ewigkeitsnahen Schmerzlichkeit, so wirst du wissen, wie mir zumute ist. Ausweglos. Nimm auch dieses Wort in seiner verhängnisvollen Einfachheit. In seiner Derbheit und klaren wuchtigen Deutlichkeit. Ausweglos. Wo dieses Wort gilt, geht der Blick nach dem Tode. Hoffnungslos. Das Wort, das dem Leben so ferne ist wie das Ende der Welt, das Wort, das keinen Gott mehr kennt und kein Licht. Das Wort ohne Zukunft, ohne Anfang und Ende –

ES IST mehr als ein halbes Jahr, daß ich diese Worte niederschrieb, Worte geboren in peinvoller Not, gewachsen aus Stunden, in denen mir des Lebens Rätsel so unbegreiflich schien wie noch nie.
Eine Zeit vorher war's gewesen, daß Bertl Gäste zum Abendessen mitbrachte, Kollegen aus der Firma. Und Du warst dabei. Wir beide hatten allein kaum ein Wort füreinander. Nur beim Abschied blieb uns ein „Gute Nacht" und ein Druck der Hände, der *uns* gehörte. – Am Morgen dann, als Bertl und die Kinder längst gegangen waren, standest Du vor der Tür und sahst mich nur an – und in meine Freude und die ersten belanglosen Worte griffen ganz ruhig und sacht Deine Arme und zogen mich zu Dir und dann stürzten unsere Lippen, unsere Münder ineinander wie die zweier Verdurstender und Tränen und Lachen mischten sich als erlösendes, befreiendes Element in die wilde Zärtlichkeit von Zungen und Händen. Ein

17

Taumel von befreitem Glück schien über uns hinzustürzen und uns hochzureißen in die Welt der Unendlichkeit.

Aber dann sah ich Dich viele Tage nicht wieder. Und als Du dann doch vorbeikamst, eine Mappe abzuholen, die Bertl zu seiner Arbeit brauchte, geschah es voll irrer Hast, mit unruhigen Augen, und einer Sprache, die sich ans Alltägliche klammerte wie an ein rettendes Seil.

Oh Gott, ich liebe Dich! Und wer konnte je erklären, *warum* er liebt? Und dieses Lieben verwirrt all meine Sätze, mein Erzählen und Denken.

JETZT BIN ich allein. Bertl mußte wegfahren für die Firma, und auch Du, Gerhard. Als ob alle Welt nur Stoffe aus den Kleinstettner Webereien beziehen wollte, bedruckt, durchwebt, buntgemustert, einfarbig, in Pastell. – Ihr seid beide fort. – Fast atme ich auf, da weder Pflichtgefühl noch Sorge oder Seligkeit mir Leib und Seele durchschütteln. Drei Tage bin ich nur mit den Kindern beisammen, ihren für mich lösbaren Problemen, ihrer klaren Welt. Ich will mich zu fassen versuchen in diesen drei Tagen und versuchen, stark zu werden für das, was kommt. Es bleibt eine knappe Woche dann, eine knappe Woche, der ich die Kraft eines ganzen Lebens schenken will. Gott steh mir bei!

So hat dieser Wahnsinn des Wartens aufgehört und in mir wird die Vorstellung klar, wie das Ende sein wird. Ruhe wird in mir sein und Totenstille nach rasender Pein. Heute am Morgen nahm ich Dein Hochzeitsbild in die Hand und dann deckte ich die Braut mit einem Foto von mir ab. Deine Augen schienen mir zuzulachen und es war, als sagtest Du mir: Sei tapfer – du kannst es! Ja – dachte ich und schlug das Album wieder zu. Mit achtunddreißig Jahren bringt man sich nicht um. Da weiß man bereits um die Scheinbarkeit alles Ausweglosen, um die Vergänglichkeit aller Werte. Um Sonnenuntergang und neuen Morgen. Mit achtzehn, ja, da darf man zu hilflos sein, um zu ertragen, mit achtundzwanzig kann man überwältigt werden von der Grausamkeit der Welt, mit achtunddreißig hat man

reif zu sein und stark und hat andern keine Scherereien zu bereiten.
– Das Warten hat aufgehört, dieses mit allen Sinnen angespannte
Lauschen, dieses unsinnige Sehnen, das jeden Verstand zum Bersten bringen muß. Und siehe da, der Körper beginnt sich auf eigene
Faust zu restaurieren. Die Übelkeit schwindet, Hunger stellt sich ein
und ruhiges Atmen.

Sei es, wie's sei. Ich will diese drei Tage nützen in Atem und Schlaf,
will beten um Schönheit und Kraft, um die folgenden sieben Tage
ganz und gar ausschöpfen zu können. Ich werde versuchen, diese
sieben Tage strahlend und fröhlich zu durchschreiten, zum Weinen
bleibt ein ganzes Leben lang Zeit.

Wann eigentlich begann dieses Warten auf Dich? Eigentlich glaube
ich immer auf Dich gewartet zu haben – und bewußt wurde es mir
auch schon, nachdem wir uns zum ersten Mal gesehen hatten. In jenem ersten Winter, diesen Faschingstagen geschah es, daß wir noch
einmal miteinander tanzten. Oh zaghaftes Sehnen zwischen diesen
beiden Begegnungen, lächelndes Gedenken, schüchternes Hoffen,
tapferes Versuchen, Menschen, Gefühle, Dinge in sachlicher Ordnung zu halten! Faschingdienstag war's. In der Werkskantine. Viele
bekannte Menschen. Kluge, dumme, zudringliche, schweigsame,
betrunkene. Kichernde Frauen, törichte Blicke, heiße Hände, viel
Schminke und papierene Hüte. Schweiß, Wein, Bier, laute Stimmen und noch lauter die Musikbox. Bertl zwischen zwei anschmiegsamen Mädchen, Bertl beim Zutrinken, Bertl im Mittelpunkt. Für
mich ein weibliches Gespräch über Säuglingspflege, ein geblödeltes
mit einem schwankenden Tänzer, ein konventionelles mit einem
Irgendwer. Girlanden, Höflichkeiten, heiße Würstel ... Und dann
Du. Hatte ich Dein Aussehen vergessen? Beim Himmel, warst Du
hübsch! Die kurzen, eigenwilligen Haare, die ungebärdigen Brauen über großen, dunklen, lebendigen Augen, die gerade Nase, der
schmale, im Lachen ungezügelt kräftige Mund, die hohe, schlanke Gestalt. Die Tanzenden schienen zurückzuweichen, die Farben
zu verblassen, der Lärm zu verebben. Nur ein Klingen blieb, und
das Atmen, das Staunen und *Dein Gesicht*. Du wurdest an irgendei-

nen Tisch gebeten und zum ersten Male machte nichts mir Freude, wenn Du mir ferne warst. Dann saßest Du neben mir, dann sahst zum ersten Male Du mich traurig an, als Bertl nach Hause gehen wollte, dann tanztest Du mit mir und ich sah wieder Deine Augen. Kein Traum, keine Täuschung, kein Trug! Oh dieses Erlöschen aller Lichter, wenn Du aus dem Raum gingst, oh dieses nie gespürte Aufbrausen taumelnden Glücks, wenn Deine Augen mich suchten – oh Seligkeit im wiegenden Gleiten des Tanzes! Es war schön, schrieb ich damals in meinen Kalender, so irrsinnig schön, daß es für ein ganzes Leben reichen muß. Eine Blume brachst Du für mich aus dem Wandschmuck und zwei Wochen lang erinnerte sie mich täglich an die Linie Deines lachenden Mundes.

Zu Ostern jenes Jahres hatte es Bertl einzurichten vermocht, daß wir mit den Kindern auf die Schihütte der Firma konnten, fünf Tage lang, und Gerhard bat mitgenommen zu werden. Bertl war froh, einen zweiten Mann, Bergkameraden und blendenden Schifahrer mitzuhaben, und willigte gerne ein. – Die wetterfeste Almhütte umschloß unsere kleine Gemeinschaft mit heimeliger Wärme. – Doch Gerhard und ich spürten erstmalig die Gegebenheit unserer vorbestimmten Distanzierung. Wir betrachteten einander hellwach und kritisch, suchten nach Fehlern aneinander, strebten scheinbar auseinander und wurden uns erstmalig einer Verlegenheit bewußt, die uns vor anderen jeder Unbefangenheit beraubte.

Aber heute noch möchte ich wissen, ob nur *ich* allein so maßloses Glück empfand, im Dunkel der Nacht um Deinen Atem zu wissen, Gerhard, um das Gefühl Deiner Nähe unter einem Dach.

Ach, Gerhard ist zwölf Jahre jünger als ich. Als ich so alt war wie er jetzt, gebar ich mein zweites Kind. Er war zehn Jahre alt, als ich zum Standesamt ging. Dies war unserem Verstand jeden Moment bewußt, dies zwang uns immer wieder eine gewollte Distanz auf. Aber immer und immer wieder reißt alles Gefühl die mühsam errichtete Schranke nieder, gibt ein einziger Blick das Bewußtsein des Zueinandergehörens. Dennoch scheint es uns bestimmt, dem klaren Gedanken eindeutig den Vorrang zu geben. Dennoch scheint es unserem Empfinden als abwegig, mehrere uns nahestehende Menschen in den Strudel unserer Leidenschaft zu reißen, und so hast Du das Mädchen zum Altar geführt, das erst den Schulranzen bekam, als ich heiratete, das Mädchen, von dem Du sagtest, Du seist wohl etwas verliebt, aber nicht sehr, das Mädchen, das Du eher schützen und behüten wolltest als lieben.

MITTAGSGLOCKEN NUN. Wo las ich den Spruch: Man solle nicht beten, um seine eigenen Worte zu hören, man solle verstummen und im Gebet warten auf die Sprache Gottes. – Ich will ja voll Demut sein, ich will ja, aber kann ich entsagen? Nein, nein, nein, ich *habe* Sehnsucht, ich *will* Deine Lippen, ich will mit den Händen über Deine Stirn streichen, Deine Augen – ich weiß, daß ich Dich gehen lassen muß, aber ich will Dich einen Augenblick für mich haben. Oh gäbe es eine einzige freie und gelöste Stunde für uns!
Nun ist es der zweite Tag, den ich ganz für mich allein habe, um mir selbst offen und so ehrlich als möglich ins Gesicht zu sehen. Ich begreife Leute, die ins Kloster gehen, um jedem Dilemma dieser Welt aus dem Wege zu sein. – Jetzt ist Friede. Regen rauscht leise und beständig, kein Wind wühlt die Lüfte auf, weder heiß noch kalt, kein Sonnenstrahl zündet Lichter an, weder irr auf dem Wasser oder in Fensterglas spiegelnde, noch tiefe, aus dem Wesen der Dinge selbst leuchtende. Die Welt vor meines Hauses Fenstern ist grau, all ihre Töne sind matt, jeder Atemzug ist von Nebeln und tiefhangenden Wolken schwer. Jeder Blick zwingt zur Einkehr. Jeder Schritt zur Besinnung auf sich selbst, jedes Wort zu Verinnerlichung.
Die Kinder sind zur Schule gefahren. Keine Türglocke schellt, kein Mensch stapft durch kühle Nässe um nichtiger Worte willen, kein Männerlachen dröhnt durch die Zimmer, selbst der Hund schläft. Mir ist wohl in dieser Ruhe, und der arme, von all der seelischen Pein gequälte Körper wird wach und wieder geschmeidig im warmen Wasser des Bades. Die Gedanken werden frei in dieser Ungestörtheit und lösen sich zur Bereitschaft für neue Eindrücke. Alles

Fühlen ist ledig jeden Zwanges und wächst behutsam in einer Leib und Seele gemäßen Art.

Stunden ohne jede Selbstverleugnung, ohne jeden Betrug am eigenen oder fremden Dasein, dankbare Stunden des Sich-Findens. Musik läßt sich tiefer nachempfinden in solcher Stimmung und Verbundenheit grüßt jeden Vogellaut. Friede ist. Wie lange werde ich „nachher" brauchen, um wieder solchen Frieden zu erreichen?

Ob der endgültige Friede des Alters so barmherzig ist, vieles aus der Erinnerung zu verlöschen, und imstande ist, den geläuterten und ausgebrannten Menschen wieder an die einfachen Gegebenheiten des Tages zu verschenken? Noch bin ich nicht bereit zu vergessen. Trotz allem verströmten Ausgebranntsein bin ich besessen davon, dem Gewesenen, dem im Sturme Gelebten gegenüberzutreten.

Vor einem Jahr noch dies: „Was immer auch kommen mag, alles ist gerechtfertigt durch dieses Übermaß an Glück."

Nun „kommt es". Nun geht's ans Bezahlen. Wer sollte da nicht besessen davon sein, sich an das Glück zu erinnern!

Als die ersten Ostern in Schnee und Sonne vorüber waren, sahen wir uns wochenlang nicht mehr. Im Sommer schon fast feierte unser Kleinstetten ein Fest. – Ach, ich liebe auch diese Stadt, in der Bertl und ich anfangs ungern unser Heim errichteten, aber langsam schlich sich ihr ein wenig plumpes, aber offenes Wesen, ihre gerade, fast dumme Derbheit, ihre kindlich unbekümmerte Einfalt in mein Herz ein. An jenem heißen frühsommerlichen Festtag prangten die niedrigen, häßlichen Häuser im Fahnenschmuck, war der Staub des Marktplatzes zu parallelen Linien gekehrt, musizierte eine Blasmusikkapelle im Park mit Hingabe und falschen Tönen. Kinderbeine hopsten um größere und kleinere Buden, braune und blaue Augen schielten nach Bällen, Schaumrollen und Kaugummi. Gert und Ute, damals noch klein und gierig, liefen aufgeregt um mich herum wie junge Hunde. – Könnte ich Dich doch fragen, Gerhard, ob auch Dein Herz so unsinnig aufjubelte, als wir uns im Staub der kleinen Gasse plötzlich gegenüberstanden! – Jedenfalls nahmen wir lachend die Kinder an den Händen und setzten uns im schattigen

Kaffeehausgarten rund um einen alten Tisch mit Marmorplatte und aßen Berge von Fruchteis. Was erzähltest Du an jenem Nachmittag alles? Wieviel gleiche Klänge erlauschte einer im anderen im Gespräch über Berge, Wald, Wasser und Schnee, Beruf, Vergangenheit und Zukunft? Wie später oftmals war es uns viel zu früh, als andere Bekannte uns aufstöberten und fröhlich zum Platzkonzert im Park trieben. Gleichklang war es, glaub ich, der uns faszinierte, Bestätigung im Denken, Fühlen und Handeln des anderen. Geborgenheit im Verstehen, das unverhofft und gläubig entgegenströmte.

Inwieweit der Mann von der äußeren Erscheinung in seinem Gefühl abhängig ist? Ich weiß es immer noch nicht. – Im Zusammensein mit Bertl durch viele Jahre habe ich gelernt, viel Wert auf mein Aussehen zu legen und von Kopf bis Fuß mir keine Nachlässigkeit durchgehen zu lassen. Aber die Form der Beine, der Sitz des Schuhs, die Frisur allein kann doch nicht der Auftakt zu solch einem Nachmittag sein! Oder doch? – Im selben Sommer geschah es dann, daß ich mich schämte vor Gerhard. Eine laue Sommernacht im August war's und Gerhards vierundzwanzigster Geburtstag. Er hatte sich irgendein Mädchen aus der Stadt geholt – wir kannten sie alle flüchtig – und auch Bertl und mich in seine Wohnung gebeten, den Tag zu feiern. Wir tranken etwas Wein, Musik lieferte das Radio und gegen Mitternacht tanzten wir ein wenig bei offenen Fenstern. Da geschah es, daß im leise wiegenden Takt des Tanzes meine Haare Deine Schläfe streiften und ich es voll tiefer Zärtlichkeit erfühlte, während zu gleicher Zeit Deine Hände mich sanft abrückten von Dir, und ich hörte Deine Stimme etwas sagen, irgendetwas, nur um die weiche Dunkelheit zu zerschneiden. In dieser Nacht wäre ich am liebsten im Boden versunken. Und während ich Dich anlachte, schwor ich mir zu – niemals dürfte es geschehen, daß ich mich von Dir müsse dermaßen in die Schranken weisen lassen! Wie fühlte ich mich gedemütigt durch Deine leise Bewegung des „In-die-Ferne-Rückens", wie bestraft für alles ungebärdige, verbotene Sehnen, wie zurechtgewiesen durch Deinen männlichen Verstand in meine weiblichen Grenzen und wie bitter traf mich schon damals die Erkenntnis, wie unbedingt sich mein Herz der Stellung meines Mannes und meinem Alter unterzuordnen hat.

Wenige Wochen, ja nur Tage vorher hatte es einen geselligen Abend im Werkskasino gegeben, dessen erzwungene Fröhlichkeit in langweiligen Pfänderspielen zu versanden drohte. Bertl versuchte durch launige Einlagen beim Auslösen der Pfänder die schleppenden Stunden zur Eile zu treiben und schlug kleine gespielte Szenen vor. Da waren wir, Gerhard und ich, zusammengekoppelt worden mit der Aufgabe, ein Ehepaar zu spielen. Wie scheu, fast ängstlich umarmte ich Dich zu Beginn der Szene und wie glücklich und stark fühlte ich Deine Arme – wie vertraut gebrauchten wir das Du, wie unendlich zärtlich hieltest Du mich fest, und Deine Stimme war so leise und tief und ernst ... entsetzlicher chinesischer Spruch: „Es ist schon später als du denkst.“

WENN NUN das Festhalten der verzweifelten Hände vor sechs Tagen das Letzte war, was wir einander geben durften?
Diese Angst, diese namenlose Angst!
Und dies war ein Wort aus dem Film an einem der Abende: „Man muß nicht unbedingt wiedergeliebt werden, wenn man etwas liebt.“
Ich *will* aber wiedergeliebt werden!
Ich will nicht heroisch sein!
Ich will keinen Edelmut beweisen!
Ich *habe* Sehnsucht! Ich *habe* Angst, ich *bin* verzweifelt!
Eine Stunde lang nicht denken müssen, das Wissen vergessen, daß Du gehst. Daß Du gehst!!! Fast glaube ich, ich werde es einfach nicht begreifen können.
Ist das die Schwäche derer, die über den Verlust eines Menschen irrsinnig werden, sich das Leben nehmen?
Warum mußte ich ein halbes Jahr lang so verschlossen sein, so verstört, so wirr? Warum verschenkte ich mich nicht blindlings?

Daß diese Tage der Besinnung nie vorübergingen! Daß ich die folgenden sieben Tage nicht leben müßte in ihrer zu erwartenden angespannten Qual!

Ich will versuchen, Ordnung in mein Hirn zu bringen, ich will versuchen, Ordnung in mein Leben zu bringen – Aber heute jubelt wieder die Sonne in den Morgen, weckt Pflanze, Tier und Mensch zu einem leuchtenden Tag … Helle, Wolken im Blau, Lärm in der Luft, ziehende Vögel, lachende Kinder, herber Wind. Rasendes Herz, wildes Blut, pochendes Leben! Wo ist der Friede, die Ruhe des gestrigen Regentages? Bricht immer wieder das unendlich Lebendige seine siegreiche Bahn in Dunkelheit und Totenstille?

Glauben können.

Nun will ich mich bemühen, Herz, Hirn und Körper wachzuhalten, dem großen, wilden Leben wachzuhalten und einfach nur dazusein.

Herrgott, du schenktest mir einen kräftigen Leib, du schenktest mir einen klaren Verstand und eine jauchzende Seele! Wozu?

Als der erste Sommer vorbeigegangen war, kamen wir einander ein drittes Mal im Betriebskasino vor Augen. Ein paar Angestellte, der gute alte Prokurist Kalmann, Frau Schick von der Lohnverrechnung und der junge Egon aus der Werbeabteilung erhielten Prämien für besondere Leistung und hatten zur Feier gebeten. Wir saßen um einen großen Tisch und schleppten ein müdes Gespräch durch den Abend. Kalmann und Gattin residierten träge in der Ecke des Raumes, man nippte schläfrig am Wein, die Lampen brannten gelb. Dennoch fühlte ich mich wohl – wie in der guten Ruhe eines Regentages. Ich kannte alle und freute mich herzlich, sie zu sehen. – Da – unten im Hof ein Wagenschlag, Stimmen die Treppe herauf, Gerhard in der Tür, zwei Mädchen neben sich, neue, hübsche Gesichter. Sofort schien alle Schläfrigkeit aus dem Raum geblasen. Wieder saß er neben mir und die Freude über das Begegnen sprach aus seinem Blick. Aber dann, Gerhard, begannst Du die Marter eines ganzen Jahres. Es wurde getanzt und ich wartete umsonst auf

Dich. Oh, ich war fröhlich und scherzte mit anderen, doch ich sah zu Dir hin und Du sahst konzentriert aus in Deinen Gesprächen, kümmertest Dich um alles und jedes und schienst kaum zu wissen, daß ich im selben Raume war. Es tat weh, doch ich fand mich damit ab. Bertl, – wo war mein Mann eigentlich? Bertl war heiterer Mittelpunkt wie immer. Seiner selbst und meiner so sicher, daß er keine Minute für mich erübrigte. Aber es gab genug Leute zum Plaudern und Tanzen.

Plötzlich der Csárdás und Deine Stimme, wild und rauh: „Gnädige Frau!" Und Dein Griff an meinem Arm. Hart und zwingend. Und Du rissest mich aus einer Gruppe von Menschen an Dich in die Mitte des Raumes und wir tanzten allein, ausgelassen und glücklich und sahen einander befreit und voller Lachen in die Augen, selbstverständlich und ohne Scheu. Doch der Tanz hatte ein Ende und wild, rauh und ungestüm warf mich Dein Arm durch den Beifall der Umstehenden zur Wand und Du stürztest davon, ohne ein Wort und ich stand allein.

HUNDERTFACH, tausendfach ärger, als es meiner Vorstellung entsprach, durchheult mich der Schmerz.

Ich werde Dich nicht wiedersehen.

So ist diese letzte Woche angebrochen, in die ich, wie ein Spieler, der alles auf eine Karte setzt, mein ganzes Leben glutvoll werfen wollte. Wollte!

Welch grausame, hassenswerte, göttliche Macht läßt mich nun die Überfülle meines Daseins ins Nichts schmeißen?

Welch hohnlachende Kraft brüllt mir gellend in die Ohren, „umsonst", umsonst gelitten, umsonst dir selbst ins Antlitz gesehen, umsonst gedacht, umsonst gebetet! Welch zynische erbärmliche Größe lispelt durch mein Gehirn: Umsonst dich schön gemacht, gebadet, frisiert, umsonst das Kleid gerichtet und gebügelt …

Herrgott, du zwingst zur Demut, aber ich unterwerfe mich mit Zähneknirschen und geballten Fäusten!

Wer behauptet, daß es nur einen Gott gibt, und der sei ein Gott der Liebe? Alles große und gute Fühlen in mir bläht sich zu einem einzigen Schrei. –

Es gibt nichts, woran ich mich klammern könnte, alles um mich schwankt irre, ich stehe wie auf einer einsamen Klippe, dem Wahnsinn nahe.

Bertl kam am gestrigen Abend zurück. Natürlich freute ich mich auf ihn. Eine langjährige Gemeinschaft schlägt nicht in Haß um, einer großen Liebe willen. So einfach steht es nur in Romanen. In Romanen wird einer gehaßt, wird einer getötet, gibt es keine Kinder, die von allen geliebt werden. Der Roman treibt seinem Höhepunkt entgegen und dann seiner Lösung. Ungedruckt und ohne Verlagsfirma sieht die Sache ganz anders aus. Da ist man seinem Ehepartner verbunden – trotz allem, da kann und will man nicht hassen – trotz allem, da muß man an seinem Platz verbleiben – trotz allem, und liebt dennoch – trotz allem.

Bertl kam müde und ausgefroren und ich war fröhlich und bereit, ihm Geborgenheit, Wärme, Güte zu geben. Ich bin voller Dankbarkeit ihm gegenüber. Er machte mich zu dem, was ich bin, lehrte mich das Leben bejahen und die Dinge einfach und unkompliziert zu betrachten. Er brachte Wirklichkeit und Härte mit rauhen, aber guten Händen in mein behütetes Mädchendasein. – Bertl mußte mir den Dolchstoß versetzen: Du, Gerhard, erkrankt, im Spital, der Blinddarm, zwei Wochen Krankenhaus, Urlaub und sofort der neue Posten. Weiß Gott, wie sich Dein Nachfolger nun abquälen müsse, ohne Deine Anweisung. –

Es war ein Schmerz, der einfach zu Boden wirft, grell, hart und unerbittlich, daß er die Besinnung raubte und dennoch nicht so gnädig war zu töten.

Muß, kann solche Härte ertragen werden?

Ich bin unfähig, die Sonne zu sehen, unfähig, frohe Musik zu hören, in jedem Buche finde ich Zeilen, die mich niederschmettern.

Nun nehme ich den Brief, der die klaren Worte enthält, die ich Dir zum Abschied geben wollte, und lege ihn eng an den einzigen, der von Dir geschrieben wurde.
Durch das Fenster kann ich meinen Mann über die Straße kommen sehen. Entsetzliche, wirre, verdammte Welt!

Oh diese Nächte – sie tragen
die Tränen unter ihren dunklen Schwingen
und die Schwermut –
wie die Tage das Lachen und die Lieder
auf ihren kurzen hellen Flügeln haben!

Tief sind diese Nächte und schwarz
und so ganz anders ist ihr Gesicht
wie das der leichten klaren Tage –
es ist verworren, grausam und entsetzlich.

Wie sollen die Morgen gelebt werden
nach diesen Nächten
und wie die Schwärze mit dem Gold
verflochten, das die Sonne bringt?

und doch gehört die Dunkelheit
ebenso in die Zeit wie das Licht
und Nacht und Tag erst schaffen
den ewiggültigen Rhythmus des Lebens.

VOR MONATEN war mir schon so zumute und das ist nun auch
das Bild der kommenden Tage.
Die Rosen im Vorgarten froren gestern das erste Mal unterm Reif
und die mittäglichen Sonnenstrahlen kämpften sich mühsam durch
den Nordwind. Zu früh kommt für euch der Winter – dachte ich
– zu früh. Noch ist eure Pracht leuchtend und der Saum der Blätter
nicht welk und dennoch erstirbt die duftende Hingabe in der Kälte
und eure Schönheit wird herb und kühl. Ich lebe meinen Herbst
– dachte ich gestern. Wird es mir ebenso ergehen wie den Blumen
im Garten? – Wird der Winter zu früh kommen und jäh zum Ersterben bringen, was der vollen Reife erst entgegenging? Er kam zu früh.
Und die Not seiner Kälte zwingt sich nach irgendeiner Richtung zu
beugen.
Trotz durchschäumt mich und wildes Aufbegehren und die gellende
Lust, sich einfach wegzuwerfen. Wenn ich nicht *gut* leben darf, das
wenige, Erhabene nehmen, dann raffe ich eben an mich, was zu
erreichen ist. Und sollte es Plunder sein – was tut's? ich tue eben
doch, was ich will!

Und *das* die Gedanken einer Frau, die vom Schmerz und der Enttäuschung zerrüttet bereit ist, sich jedem an den Hals zu werfen? Oh, ich *kann* mehrere haben! Herrgott, du sollst sehen, wie ich mir nehme, was du glaubst mir verwehren zu können!

Verzweiflung packt mich und Wut und zum ersten Mal im Leben das Gefühl, alles falsch, alles verkehrt gemacht zu haben. Zu allem Nein sagen zu müssen.

Sehnsucht fällt mich an, mich zu verkriechen, zu verstecken, nichts mehr zu hören, zu sehen, zu riechen. Sehnsucht, stumm zu sein und zu warten. Worauf?

Wofür durchglüht die Mittagswärme meinen Körper auf der sonnigen Veranda? Warum höre ich Beethovens Musik aus dem Radio? Wozu spricht mein Mann den Namen Gerhard aus und erzählt von seiner Erkrankung?

Es ist der erste Nachmittag ohne jede Hoffnung und er kommt und geht ebenso unaufhaltsam wie alles im Leben.

Deine Hände halten dürfen und um Deine Liebe wissen! Nur zwei Minuten lang!

ZWEI JAHRE ist es jetzt her, daß wir jenen Csárdás tanzten, daß Deine Augen Liebe jubelten und Deine Hände mich abwiesen, daß Deine Augen mich suchten, während Deine Füße fortstrebten von mir, daß in Deiner Stimme das Glück schwang und Deine Worte gar nichts sagten.

Mitten im Winter trafen wir uns dann in der Großstadt. Deine Arbeit hielt Dich wochenlang dort fest.

Tüchtig im Verkauf, wie Du warst, ließ man Dich in der Zeit vor Weihnachten in der Zentrale arbeiten. Ich trat mit Bertl durch die Tür in das warme helle Kaffeehaus. Wohlig der leichte Zigarettenrauch und die gedämpften Stimmen. In der Ecke beim Fenster Gustl, Bertls Freund, von dem ich weiß, daß er mich liebt, dem ich in Freundschaft und Verstehen nahe verbunden bin, seine Frau, und mit dem Rücken zu uns – Du. Dein lebhaftes Umwenden, Deine lachenden Augen! Wieder wußtest Du es so einzurichten, daß ich neben Dir zu sitzen kam. Wo blieb meine innige Zugehörigkeit zu meinem Mann in diesem Augenblick? Wo das große Verstehen für den, dessen Frau mir gegenübersaß? Ich sah in Deine Augen und alle Freude der Welt schien daraus auf mich überzuspringen.

Spät kehrten wir in unser Hotel zurück. Die Straße war still und geisterhaft hell durch die Neonbeleuchtung. Etwas Schnee auf dem Boden – wenige schwebende Flocken. Ich stand am Eingang, der in nächtlichem Frieden lag, Bertl parkte den Wagen um die Ecke. Du kamst zu mir her. Ich sah zu Dir auf, in Deine Augen, die groß, ruhig und klar waren, und langsam zogen Deine Arme mich zu Dir und Deine Stirn begann die Welt zu verdecken. Deine Lippen waren hart und der Mund tastend, leicht geöffnet wie im Gebet.

Ich liebe diesen Mund!

An jenem Abend hatte Bertl mich gebeten, Dir das Du-Wort anzutragen, und nun, da es offiziell und erlaubt war, scheuten wir uns, es zu gebrauchen. Und nach dem gläubigen und vertrauenden Kuß schaltest Du Dich hinterhältig und gemein dem Freunde gegenüber und alle kommende Not stand schon damals in Deinem Blick.

SINNLOSER, gequälter, einfältiger Tag! Der dreiundzwanzigste September. Auch die Natur geht ab heute in ihr großes Dunkel hinein. Ich habe mich geängstigt vor dem Dunkel und der Kälte, aber ich wußte nicht, daß es so entsetzlich, so überraschend kommt.

Dennoch hasse ich die Sonne, wie eben das Dunkel die Sonne hassen muß, und ich verachte die Vergeudung ihrer blöden Wärme. Ich hasse meine ganze sogenannte Anständigkeit und möchte all diese Werte wie Ehre, Treue, Achtung, Haltung über Bord werfen, ich kann sie nicht einmal denken, diese Begriffe, die uns beide, Gerhard und mich, durch Jahre daran hinderten, wir selbst zu sein. Wessen Leben lebten wir? Und welch grausames Spiel werden wir nun weiter mit uns selbst treiben, im Rahmen wohlsituierten Bürgertums mit dem Schema – das gehört sich – das gehört sich nicht? Vor einem Jahr, an dem einzigen Abend, den wir für uns allein hatten, sagtest Du zwischen Mokka und Wein: „Ich kann mir eine ganze

Erfüllung nicht vorstellen, wenn man ein schlechtes Gewissen dabei haben muß." Und unser „Gewissen" raubte uns demnach auch alles. Raubte uns vielleicht den Inbegriff des Lebens selbst. Grausame, anerzogene Macht! Schwäche und Feigheit von uns beiden, diese Macht nicht zu besiegen!

Mein Gott, mein Körper, meine Seele, mein ganzes Dasein schreit nach Dir!

Es gibt keinen sonnigen Morgen mehr, zu dem ich nicht Deine jubelnde Stimme höre: „Laß dich küssen, liebe Sonne, bis zum Untergang!" – Kannst auch Du nicht mehr im Wind stehen, ohne meine Worte: „Ich weiß, warum Du den Wind so liebst, weil Du dich dagegen stemmen kannst, weil er Deine Kraft herausfordert."

Kaum eine Woche ist es her, daß unsere rechten Hände sich ineinanderflochten, als ob die beiden Ringe, die sie tragen, zueinandergehörten. Mir ist, als wären tausend Jahre vergangen. In inniger Glückseligkeit dachte ich damals: Das kann mir nun kein Mensch und kein Gott mehr nehmen. Und so ist es wohl auch. Keine noch so urgewaltige Kraft ist mehr imstande, dieses Ineinanderglühen zweier Hände ungeschehen zu machen und selbst Dein eigener Mund kann durch geschicktestes Lügen nicht auslöschen, was Deine Hand verriet.

An Ilse muß ich denken, das Mädchen, das Bertl liebte, und an ihr Gesicht, als ich von meiner Reise wiedergekehrt war und Bertl nicht von meiner Seite wich. Ich wußte auch damals, wieviel sie litt. Aber dieses lebensfrohe junge Geschöpf, von keinerlei konventioneller Schranke beengt, hat nun ihr Kind. Wer der Vater ist? Bertl? Ein anderer? Ob sie selbst es weiß? Sie wird heiraten und geht neuen Zielen entgegen. Ob das die Wesensart von Maria war, die sie die Heilige nennen? Diese frohe, lebensbejahende, fraglose Art? Ob sie *darum* das Kind und auch den Josef bekam? Ich komme mir dagegen erbärmlich und armselig vor! Verhaßte „gute Kinderstube", die mich lehrte, die Welt als Kerker zu betrachten, und die mich zwingt, an meiner eigenen „guten Führung" zu ersticken.

Im zweiten Fasching kam ich eben von meiner Reise zurück, die mich zu meiner Mutter, der Überbringerin jener engen Welt, geführt hatte und Bertl in die Arme des kleinen Mädchens Ilse gezogen hatte.

Kleinstetten hatte seinen großen Ball. – Ich trat aus der starren Kälte der Januarnacht in das von Stimmen erfüllte Gedränge der Garderobe. Meine Wangen mußten von der Luft und von der leichten Erregung gerötet gewesen sein, mein Körper fühlte sich straff und voll aufbrausender Kräfte. Ich hatte das Gefühl, schön zu sein. Irgendjemand nahm meinen Mantel, ich wendete mich um – und sah gerade in Deine Augen. Du warst nicht hinter mir gestanden, Du warst am anderen Ende des Raumes und fünfzig Menschen bewegten sich zwischen uns. Dennoch sahen wir uns an, als ob wir direkt voreinander stünden, als ob wir ganz allein wären, als ob Du hier gewartet hättest auf mich allein. Und wenn Du heute tausend Worte fändest zu erklären, warum Du damals dort gestanden, und wenn Du in tausend Worten sagen wolltest, Du habest mich nicht gesucht, nichts kann diesen Blick mehr löschen und nichts in unserem Leben kann die Tatsache ändern, daß Du bei meinem Eintreten dort standest und daß Deine großen braunen Augen über die Köpfe der anderen hinweg klar und offen sagten: Da bist du endlich – wie habe ich auf dich gewartet!

ALLES IST so maßlos gleichgültig geworden. Tage ohne Ziel, ohne Sinn, ohne Inhalt.

Alle Lichter sind erstorben,
Dunkelheit ist rings um mich.
Trübe, bitter und verdorben
sind die Tage ohne Dich.

Meine Träume sind so müde,
meine Hoffnung ist so krank.
Ohne Dich sind sie so trübe
diese Tage, und so lang.

Meine Seele ist so blind,
meine Hände sind so schwer,
einsam, alt und traurig sind
die Tage ohne Dich – und leer.

So war es vor einem Jahr. Aber immer mit der Hoffnung auf Deine Rückkehr. Und nun das Ende. Uns so aus den Händen gerissen, so unsinnig hingesetzt. Ein Vorhang, fünf Minuten vor Schluß des letzten Aktes …

Ich dachte, der Winter werde mit Ruhe einkehren und Frieden bringen, nun aber schütteln mich seine eisigen Stürme, peitschen mir Tränen wie nasse Flocken über die Wangen. Gerhard! Immer Deinen Namen in der Kehle, immer Deine Augen um mich, Deine rauhe, etwas brüchige Stimme.

Ob Du Schmerzen hast im Augenblick? Fieber? Ob Du wieder lachst? Vier Uhr nachmittags ist es. Eine Schwester wird Dir wohl Tee reichen und dann wirst Du wieder schlafen. Wenn ich doch in Deinem Traum sein könnte!

Eine andere Frau wird Dich zum Wochenende besuchen. Deine Frau. Sie darf Deine Hände streicheln, sie darf Dir Koseworte geben! So zum Teufel koset doch jeder *den*, der euch vorgeschrieben wurde! Liebt dort, wo ihr sollt, was fragt ihr euer Herz! –

In jener Ballnacht im zweiten Fasching –

In jener Ballnacht geschah es zum zweiten Mal, daß Du Deinem Herzen jeden Wunsch verweigertest. Gleich zum zweiten Tanz holtest Du mich, wir sprachen und plauderten belangloses Zeug und es war diese selbstverständliche einige Fröhlichkeit zwischen uns, die uns stets gemeinsam aus dem Tag emporhebt. – Aber es blieb bei diesem einen Tanz und ich suchte Dich verzweifelt mit den Blicken und sooft ich Deine geliebte Gestalt erspähte, sahst auch Du zu mir her und wir bannten einander mit Augen voller Sehnsucht, Jubel, Traurigkeit und Frage.

Aber Du kamst nicht wieder zu mir. Eine ganze Nacht lang nicht. Und die Spannung unserer Blicke schien ins Unermeßliche zu wachsen, aber nimmer tratest Du vor mich hin. – Ein Mädchen in Weiß lag in Deinem Arm und Du gabst ihr zärtliche einschmeichelnde Worte und sahst doch über ihr Köpfchen hinweg zu mir, so ernst und ruhig und groß. Warum? – Und warum ließ Bertl mich zu der auch im Saale wirbelnden kleinen Ilse Qual ab Mitternacht nicht mehr aus dem Arm, bis er mir wehtat in seiner atemberaubenden Tanzwut und ich nichts mehr wollte, als nach Hause und weinen? – Und warum überbrachte mir Bertl wenige Tage später Gerhards Entschuldigung, weil er nur einen Tanz für mich erübrigt hatte, und warum brach er das Vertrauen der Freundschaft und erzählte mir, daß Gerhard verliebt sei in mich ohne Maß. Und brachte mich damit zu so unsinniger Freude, daß ich kaum genug Lebewesen finden konnte, denen ich Liebe zeigen durfte.

NUN, EINEINHALB Jahre später und drei Tage nach dem ohnmächtigsten Schmerz meines Lebens, bin ich etwas ruhiger. Am Abend des gestrigen Tages verletzte ich mir im Keller arg den Fuß und das Bewußtsein allein, gleichzeitig mit Gerhard Schmerzen zu erleiden, verschaffte mir eine Art befriedigende Lösung meiner entsetzlichen Anspannung.

Bücher verschlucke ich nun. Lauter Dinge, die von Männern für Männer geschrieben wurden (oder doch nicht?), und suche darin nach der Härte der männlichen Welt und lese über Frauen, daß es mich schüttelt vor Abwehr. Ist Bertls offene, klare, derbe Art die einzig ehrliche? Ist jedes Wort von Gefühl und Sehnsucht eines Mannes Lüge? Ist die Frau nach wie vor eine Art Gerät zur Befriedigung aller möglichen Hungergefühle? Sei es nach Sandwiches, Kohl, Gesprächen über Baukunst oder Musik oder nach Bettwärme und Wollust? Zeitweise glaube ich überhaupt keinem Mann mehr in die Nähe kommen zu wollen. –

Noch lange bin ich nicht so weit, es zu begreifen, daß ich Dich nicht mehr wiedersehen soll, Gerhard. Vor einer Woche noch wähnte ich mich Dir nahe wie nie zuvor – dieses immerwiederkehrende Einwirken äußerer Umstände, fremder Kräfte, auf unsere bestimmte Zusammengehörigkeit!

Nun wünschte ich einfach geschlechtslos sein zu können, ein Arbeitstier ohne Sehnsucht und Begierde.

Zwischen dem Kleinstettner Ball und dem Ball der Zentrale in der Großstadt lag in jenem zweiten Fasching ein offizieller Besuch von Gerhard. Damals wollte er Inge zum ersten Mal zu uns bringen, und ich erfuhr in wenigen Worten von ihrer Existenz überhaupt und hörte auch schon aus diesen wenigen Sätzen den harten Zwang heraus, den dieses junge Geschöpf auf Gerhard auszuüben begann. Aber an jenem Abend durfte Inge nicht von zu Hause fort und Bertl verspätete sich einer wichtigen Korrespondenz wegen. Wir warteten mit dem Essen und Gerhard saß mir am Rauchertischchen gegenüber. „Ich weiß nicht", sagte er, „ich habe Inge sehr gern, sie ist so frisch und lebendig, aber ob ich *mehr* für sie empfinden kann? Ich habe sie gern und habe dennoch das Gefühl, daß sie mich einengt, mich binden will. Ich habe einmal geliebt, wie ich siebzehn war. Ich hätte für diesen Menschen alles gegeben. Aber das ist vorbei." Seine Augen waren fast schwarz geworden während dieser Worte und die Stimme hielt inne.

Dann sprachen wir von der Ehe, von innerem Halt und finanzieller Sicherheit und ich meinte: „Äußerer Sicherheiten wegen werde ich niemals auf Schönheit und Erlebnis verzichten. Was ich *gelebt* habe, kann mir keiner mehr nehmen." – Da sah er mich nur stumm an und dann läutete es und Bertl stand im Zimmer und vielleicht zum ersten Mal bauten seine klaren nüchternen Worte eine Mauer mitten durch unser Gespräch.

SONNE DRAUSSEN. Rein, golden, reif. Blumen wachsen aus dem Morgennebel in eine saubere kühle Klarheit, das Bild des Waldes vor meinem Fenster beginnt da und dort die herrlichen gelben, roten und braunen Lichter aufzusetzen.

Ist es möglich, selbst so satte, leuchtende Flecke in das Dunkel meiner Tage zu klecksen? Kommt die Größe und Macht der lebendigen Schönheit immer wieder zum Durchbruch? Liegt alles gläubige Leuchten immerwährend tief in uns, wie das Rot des Herbstlaubs im Saft der Bäume gärt?

Ist Liebe die Triebfeder aller Dinge? – Was bedeutet sie der Pflanze, was dem Tier? Was bedeutet sie dem Mann, was der Frau?

Wenn ich einmal alt und krank und verzweifelt sein sollte, dann will ich an diese Zeit denken. Und daran, daß auch in der blühenden Mitte des Lebens, bei voller Gesundheit, die Tage so unerträglich schmerzerfüllt sein können, eine so grausame Last, daß jeder Atemzug zur bitteren Qual wird.

Grausamstes aller Gebete, das diesen einen Satz enthält: „Dein Wille geschehe –", – dein Wille – wo ist da ein Wille? Ich verspüre nur Böses, Bosheit, oder aber noch besser, eine unmenschliche, eben göttliche Gleichgültigkeit. Dieses Bewußtsein, ein Nichts, eine Null zu sein, ein Wurm, ein lästiger Käfer, den man eine Weile kriechen läßt und dann zertritt. – Nur weiß der Käfer nicht, daß er nur ein Käfer ist! Dieses Sich-ergeben-Müssen, dieses Sich-Beugen. Dieses Beiseitegeschobenwerden mitsamt der Güte, Liebe und Sehnsucht – dieses Weggeworfenwerden samt aller Innigkeit und Sanftmut, dieses Getretenwerden!

Ich hasse diese Welt, ich pfeife auf das ganze gottverdammte Leben, ich pfeife drauf! Vielleicht kann ich endlich schlecht und gemein werden und diese alberne Anständigkeit vergessen …

Zwei Minuten von mir entfernt liegt Gerhard in seinem Zimmer. Ein Krankenwagen brachte ihn gestern. Und nun bleibt *ein* Tag vor dem endgültigen Fortgehen.

Nun habe ich den Brief an Dich von dem Deinen gelöst und Dir in die Hand gedrückt, obwohl mein Mann in der Wohnung war, oder gerade deshalb. Wir hatten keine Minute, keine einzige Minute, und unsere Gesichter trugen die Masken. Auch Bertls Gesicht, obwohl er seine Maske am schlechtesten trägt, weil er die Abwehr und den Unwillen unter kameradschaftlichem Lächeln nur mühsam verbergen kann.

Du sahst noch so blaß aus, Gerhard, und warum Herrgott noch einmal ist der Liebe verwehrt, eisern verwehrt, auch nur über Deine Haare zu streichen? *Einmal* habe ich gegen die Liebe gesündigt, einmal – um dieser widerlichen „anständigen Haltung" willen, und so schwer habe ich zu büßen dafür. Lebenslänglich. Es ist nichts mehr gutzumachen, nichts zu wiederholen, nichts mehr zu gewinnen. Ich habe alles verloren. Für immer. Nur wenigstens ein paarmal am Tag die Maske abstreifen können, nur weinen können, weil mir so zumute ist! Auf der Erde liegen können, weil es nichts gibt, an dem ich mich hochrappeln könnte.

Mir ist so maßlos gleichgültig, was morgen, was übermorgen sein wird. Schlafen können. Träumen, glücklich sein!

Vorbei!

Nun, so laß sehen, Gott, der du einem Leben Traum und Seligkeit mit einer einzigen lächerlichen Geste entreißt, was du noch zu bieten hast! Los, ich bin begierig zu erfahren, womit du imstande sein willst, die Leere dieser Tage zu füllen! Ich warte.

Fortgehen können
und all die Räume der Vergangenheit
lassen, die Räume, in denen
deine Stimme noch wohnt –
Einfach weggehen, dorthin

wo die Tage jung sind und neu,
dorthin, wo Sonne und Wolken
wandern, und der Wind.

Alles verlassen.
Nichts mehr berühren darauf
deine Hände geruht, nichts sehen
was dein Blick hielt.

Nicht bleiben müssen.
Nicht das Fenster öffnen
an dem deine Gestalt lehnte
und dein Gesicht voll Sonne war.

Nicht dulden müssen
und die schweren Schwingen
der Träume erleiden und nicht
Dich fühlen überall.

Die Augen schließen
und nicht sogleich deinen Mund
sehen – Flügel haben und fliegen
einfach fort von hier –

Und der Körper, so elend und müde er sich anfühlt, er versagt seinen ewig gleichbleibenden Dienst nicht. Fieber wünsche ich mir,
eine Ohnmacht wenigstens – warum zerreißen diese überspannten
Nerven nicht? Warum?

DIE NEBEL beherrschen nun das Bild der Landschaft. Mühsam
stemmen sich am Morgen die Häuser in das fahle Licht, mühsam
balgen sich Sonnenstrahlen mit zerschlissenen Wolkenfetzen herum, mühsam quält sich der Mittag herauf, um kurz nach seinem

kühlen Höhepunkt zu zerfallen wie ein Feuer, dem nur nasses Holz nachgeschoben wird.

So wie mir jetzt muß diesen Menschen zumute sein, die aus scheinbar rätselhafter Ursache fortgehen von zu Hause, um nie mehr wiederzukehren – die von Hochhäusern und Brücken springen und sich vor donnernde Lokomotiven werfen. Gehen dürfen, sich verkriechen, mit dem Recht, das jedes Tier hat. Warten dürfen, bis die rasenden Schmerzen abklingen, horchen dürfen auf den Ablauf der Zeit und das Fallen der Blätter im Walde. Nicht unentwegt etwas tun müssen! Eine Zeitlang nur sein Selbst leben!

Bertl ist zwei Tage zu Hause und um mich her. Und ist geduldig und lieb und liebenswert. *Und ich halte nichts mehr aus.*

Im zweiten Winter lernte ich Inge tatsächlich kennen. Zunächst sah ich zwei dunkle Augen, umrahmt von weißem Tüll, und eine lebhaft winkende kleine Hand. Wieder ein Ball. Als könnten nur „Gesellschaftliche Ereignisse" die Menschen einander näherbringen, oder als ob meine ganze Geschichte ein Faschingsscherz wäre, ein zielloses Treiben bunter Masken, ein einziger Tanz im Wirbel zahlloser kostümierter Gestalten.

Es war der Ball der Zentrale in der großen Stadt und ein entsprechend großer Ball. Groß die Abendkleidung, groß der Saal, das Eröffnungskomitee und groß, und über alles quirlende, murmelnde Volk erhaben, die Spitzen von Regierung und Industrie. – Inge hatte ihren Platz dort drüben, in der Nähe dieser Spitzen, da ihr Vater beruflich in die Nähe dieser Spitzen gehört, und Bertl und ich waren mit Gerhard und unseren Kleinstettner Freunden an einem kleinen Tisch beisammen. – Gerhards Augen waren seit einem Jahr die gleichen, in ihrem Blick klarer Freude und einfachen Verstehens. – Wieder tanzte er nur ein einziges Mal mit mir und in diesen wenigen Minuten faßte ich nicht den Mut zu den Worten, die ich sagen mußte, nun, da ich die Gewißheit seiner Liebe hatte. Ich fragte im Gegenteil nach Inge und ob er schon an ihrem Tisch gewesen, und er schlug einen leichten, falschen Ton an und antwortete: „Inge, die kommt schon von selbst, ich suche sie nicht."

Und tatsächlich, wenig später war sie da, brach über unsern Tisch herein wie ein sprudelnder Quell, hastig, unstet und besitzergreifend. Und sie nahm Gerhard, obwohl er in unserer Mitte blieb, irgendwie aus unserem Kreis, in einer befehlend scharfen Art, ihn gleichzeitig bloßstellend wie vor uns verbergend, ihn gleichzeitig beschämend wie an sich fesselnd.

Und Gerhards Augen blieben die gleichen wie vor einem Jahr und sahen zu mir herüber in ihrem Blick klarer Freude und einfachen Verstehens.

Damals begann ich zu verzweifeln und sah zu, wie der junge, tüllumrahmte Lockenkopf in tyrannischer Gewalt seine blitzenden Augen und wiegenden Hüften einsetzte, als Waffe gegen Freundschaft und Liebe.

Und vor Dir bin ich stumm –
nur der Schmerz zerreißt mir das Antlitz,
aber ich wende es Dir nicht zu.

Und so schweigst Du auch.
Und die Zeit schwingt ins Nichts
und vieles, was groß und schön ist,
unterbleibt.

Läge das Übel nun im Tun oder Lassen?
Gott allein weiß die Antwort.
Ich weiß nur, daß ich stumm war
und daß nun die namenlose Pein
mein Gesicht und meinen Leib
meine Hände und meine Seele
in Fetzen reißt.

VOR DREI TAGEN sah ich Deine Augen zum letzten Mal, groß und fast zu hell in Deinem schmalen, blassen Gesicht. Deine Augen, die Frage, Verstehen, Antwort, Sehen, Verwehren und Finden in diesem einen Blick geben konnten.

Drei Tage! Wie um Himmels willen sollen drei Wochen, drei Jahre, dreißig Jahre über mich hereinbrechen? – Ich habe die Zukunft verloren und die Gegenwart hämmert auf mich nieder mit ihrem ehernen Maß, als wollte sie mich in Stücke schlagen.

Beginnt so ein vergebens gelebtes Leben? Ist das der Anfang der Resignation oder des Wegwerfens?

Die Resignation kann mein Leben nicht sein. Niemals! Und wem auch wäre in irgendeiner Weise damit gedient? Den Kindern mit einer Mutter voller Melancholie? Dem Manne mit einem Weib, das unablässig sich als leere Hülle präsentiert? Der Umwelt mit einem in Zurückgezogenheit lebenden Hausmütterchen? Mir selbst, wenn ich alles und jedes vor meinen Fenstern vorüberziehen lasse und unbewegt zusehe? Nein!

Und dennoch: Vielleicht wäre Resignation besser als Halbheit in welcher Form auch immer. Gustl, der Freund, hatte gestern in Kleinstetten zu arbeiten und saß ein paar Stunden in meiner Küche. Seine warme und fordernde Liebe gibt soviel Leuchtkraft in meine tote Welt und rüttelt dennoch an meiner mühseligen Sicherheit mit einer Wucht ohne Maß. Einmal wenigstens meinen Leib in das lodernde Feuer werfen können, einmal verbrennen, verglühen, und wenn der Zerfall zu Asche darauf folgen muß!

Wenige Tage, nachdem wir Inge kennengelernt hatten, hatte Gerhard die Nacht bei uns, in dem Zimmer, das die Zentrale immer für Bertl freihält, verbracht. Am Morgen sah er mit kindhaften Augen aus den Kissen zu mir auf und als ich an seinem Bett saß, erzählte er von Mutter, von den Geschwistern, von zu Hause. Ich wußte genau, daß wir uns viele Wochen lang nicht sehen würden. Ostern stand vor der Tür, Gerhard würde in seine geliebten Berge fahren und Bertl hatte für uns beide einen schönen erholsamen Urlaub geplant, auf den ich mich herzlich freute. – Aber da lagst Du vor mir, mit Deinen Kinderaugen, und ich fühlte, wie schmerzlich ich Dich vermissen würde. – Da konnte ich meine rechte Hand nicht mehr bezähmen und fuhr scheu und zärtlich durch Dein dichtes braunes Haar.

Du lieber Himmel – mein Gott und Herr – laß mich in meinem Leben nie mehr etwas Halbes tun! Nimm mich an die Kandare!

Heller Nachmittag war es, als ich Dich im Frühling wiedersah. Ich steckte mitten im Geschirrwaschen, die Kinder lärmten und unsere lustigen Sittiche machten einen Heidenkrach. Es läutete. Du standest vor der Tür und ich sagte nur mit der alten Selbstverständlichkeit, die immer so ohne Staunen und Scheu zwischen uns war: „Da bist du ja." Wieder saßen wir einander gegenüber. Wieder die klare glückliche Heiterkeit. Du brauchtest das Telefonbuch, wir suchten eine Nummer, unsere Finger berührten sich dabei. Deine Hände waren warm und die Berührung in ihrer reinen Natürlichkeit Glück. Dann sprachst Du durch den Draht mit Inge, dem jungen Lockenkopf, und scherztest mit ihr und blicktest auf mich. Wieder so: Das ist ein geliebter lustiger Teil meines Lebens, aber zu Dir trage ich allen tiefen Ernst und die großen Fragen.

Dann der Abend. Bertls leise Müdigkeit, die Anrufe des Mädchens, Dein verspätetes Eintreffen. – Das enge Zimmer in dem Gasthaus am Stadtrand. Die fremden jungen Menschen. Alles Bekannte des Mädchens. Deine strahlenden Augen bei meinem Eintreffen. Bertl und Inge in gewollter Zärtlichkeit auf dem Sofa. Der lärmende Gang ins Nachtcafé. An einem Tisch zu viert. Deine dunkle Stimme, die scheuen Worte, und beim Tanz das Brechen meines Schweigens. Und die Musik. „Parlez moi d'amour" – Und Deine Augen geweitet von Glück und gleichzeitigem Entsetzen – geweitet von entsetzlichem Glück. – In der dunklen Nische Dein Mund in dem meinen, Deine Hand auf meinem linken Knie. – Die Heimfahrt im Taxi, Deine tastenden Lippen in unsäglicher Zärtlichkeit auf meiner Brust,

das Aneinanderfesthalten in schicksalhafter Not. Deine Frage, ob
Du mir schreiben dürfest, und mein einfaches klares Ja dazu.
Und dann dies:

Oh Gott,
in deine Sterne glaubte ich zu greifen
und finde mich fester denn je
an die Erde gebannt.

Ich glaubte
du wolltest einen Blick in deinen Himmel
mich tun lassen, doch ich lebe alle Qualen
deiner Hölle durch.

Selig in dir
dem Leben, der Ewigkeit, der Umwelt
wollte ich sein und landete in
elender Verzweiflung.

Es ist doch einfach unmöglich, daß Du es vergessen hast, daß Du
spieltest! Nein! Wenn schon der Mund gelogen hätte, die Hände
haben die Wahrheit gesagt. Die Hände! Hände können nicht lügen,
sagt man, Hände nicht!
Oder hast Du doch – oder ist es möglich – daß Dein Herz kalt blieb,
trotz der Hände, trotz der Augen? Die Augen!
Sie waren offen und tief, immer! Warum schweigst Du dann?
Warum?
Warum?
Warum bin ich der Liebe nicht würdig?
Warum darf ich nicht haben, was jeder Dirne gebührt? Weil ich kei-
ne Dirne bin? Oh mein Gott!
Mein ganzes Dasein habe ich bewußt in die Waagschale geworfen
– umsonst.

Ich bin Dir nicht das geringste Risiko wert. Oh die Scham! Die Schande! Die Qual! Und der Stolz! Der Stolz –

Hassen könnte ich Dich, hassen, weil Du mich so getroffen hast, so gedemütigt, so weggeworfen. Töten kann man aus Liebe? Töten! Heute begreife und glaube ich es! Ich will Dich verwunden, ich will Dich treffen, Dir Schmerz zufügen, Dich verbrennen, wie Du mich verbrannt hast! – Plötzlich begreife ich Frauen, die zu allem Bösen fähig werden aus Liebe, plötzlich begreife ich das Gefühl der Rache, plötzlich begreife ich die Größe des Schmerzes, den jene alternde Frau gelitten haben muß, als mein Mann sie um meinetwillen verließ.

Am Boden liege ich, tränenüberströmt.

Und den Mann begreife ich, demgegenüber *ich* so stumm blieb vor Jahren, um Bertis willen. So groß wird mein Verstehen, mein Begreifen, in diesem maßlosen Schmerz, in diesem Bewußtsein, zuviel gegeben zu haben, in dem Bewußtsein, nicht genug geliebt zu werden.

Liegt darin der Sinn allen Leidens? In diesem Begreifen und Erkennen? Ist auch darin die Gnade Gottes zu sehen?

WEIT MEHR als ein Jahr ist seither vergangen und Glückseligkeit und Schmerz haben mich in dieser Spanne Zeit mehr durchrüttelt, als ich es je für möglich hielt, und heute sitze ich da mit schmalem Gesicht, dunklen Ringen unter den Augen und dem Gefühl, an Leib und Seele ausgeglüht, versengt und zerschunden zu sein, und versuche zu beten um Kraft und etwas Ruhe im Herzen, daß ich an meinen Pflichten mich anklammern kann und von Stunde zu Stunde mich fortschleppen.

Ich weiß nun nicht mehr, wo Du bist, weiß nicht mehr, ob ich Dich je wiedersehe und wann. Weiß keinen Deiner Gedanken mehr und nichts von Deinem Leben.

„Mein Gott" möchte ich schreien, – so laßt mich doch wenigstens allein! Damit ich mein Gesicht entspannen kann und mein Körper keine Haltung vortäuschen muß, die er nicht hat – laßt mich allein,

laßt mich das Heraufziehen der Tage spüren, das Einfallen der Nebel
sehen und das sanfte Fallen der bunten Blätter hören! Laßt mich
den Atem einziehen, laßt mich doch warten, ob sich das Welke in
den Lungen wieder strafft, laßt mich doch warten, ob die Sonne das
Frösteln in meinen Adern austilgen kann, laßt mein Gehirn doch
mir selbst – laßt mir doch Zeit, daß meine Gedanken sich weiten
können und der Sehnsucht, der unnennbaren Sehnsucht standhal-
ten. Laßt mich doch allein!

„Das ist die Hölle" schrieb ich vor mehr als einem Jahr. Menschen,
die du liebst und rufst, und dann merkst du, daß sie keine Ohren
haben. Menschen, die du liebst, und sie kommen auf dich zu und
sehen durch dich hindurch, denn ihre Augen sind blind. Das ist
die Hölle: Liebe in deinem Herzen und Liebe in deinem Leib und
Liebe auf deinen Lippen. Der, dem sie gilt, wendet sich ab und bleibt
stumm. Stumm!
Das ist die Hölle: Bereitschaft zu geben und keiner nimmt, Bereitschaft zum Leben und ringsum Stille. Bereitschaft zum Beten und
es gibt keinen Gott.
Bevor ich Gerhard nach jener Nacht, dem Tanz, der Fahrt im Taxi
wiedersah, saß ich Inge gegenüber. Ich wollte sie kennenlernen, weil
ich um seine Unsicherheit wußte. Ich wollte die Augen, den Mund
des Lockenkopfes aus der Nähe sehen und seine Stimme, seine Worte hören. – Ein schönes, exotisches, kühles Gesicht, lebhafte, kecke
Augen, ein unreifer, ungeformter Kindermund. Die Stimme einer
Frau, der Versuch, in Geste und Mimik Dame zu scheinen, Worte
und Sätze zwischen einfältigem Geplapper, stolzer Überheblichkeit,
zwischen Frechheit und suchender Frage. Anziehend wie abstoßend
zugleich.
So sitze ich ihr gegenüber – dachte ich – und halte das alles aus.
Und ich sah den Brief in der Hand des Mädchens an und die getrockneten Blumen, die herausfielen, und spürte, wie meine Lippen zitterten, und wußte, daß meine Augen unnatürlich groß sein
mußten. Den Arm heben dürfen – die Blumen berühren – nichts

als der Blick auf die Schrift, die Worte, die der anderen gelten. Und
– dachte ich – ich sitze hier, lächle das Mädchen an und halte das
alles aus.

Und hätt' ich hundertmal geschrieben:
Mein Schatz, ich werd dich ewig lieben,
in immer neuer Sehnsuchtsqual
schrieb ich's zum hunderteinten Mal.

DIE MORGEN SIND schon dunkel jetzt. Überhaupt ist das Dunkel schon groß geworden und mächtig. Im ganz frühen Zwielicht
scheint das kurze braune Gras wie blankes Silber und die Hecken
stehen in metallischer Härte in der Kälte. Die Abende sind früh
und rauh, mit einem blassen, in Nebelschleiern hängenden Mond.
Der Mensch beginnt die Nächte durch vorgezogene Gardinen aus
seinem Leben zu verbannen und versucht hinter den Schanzen seiner Mauern sich mittels elektrischer Birnen und Kohle eine Illusion
von Wärme und Licht zu bewahren. Nur hoch im Mittag kennen
die Tage noch klare, warme Sonne und ein dankbares Hingeben
aller Kreatur.
Ich bin unsagbar müde –
Ich möchte mich zurechtfinden in dieser kühlen, nebelverhangenen
Gegenwart. Möchte den starren Reif des Unvermeidlichen ertragen
und ihn noch einmal hinschmelzen sehen im warmen Leuchten der
Sonne. Möchte kalt werden bis in die Adern unter den Eisstrahlen
des Mondes. Möchte einfach alles *so* begreifen, wie es ist.

Den Mut haben können um den
Tag so zu sehen wie er ist –
und trotz der gleißenden Sonne
die Sterne nicht vergessen
und trotz der Nacht
wissen, daß die Sonne wiederkehrt.
Und das gehabte Glück bewahren

über alle Wege
und im Unglück erkennen,
daß alles vergeht.
Im Vergehen das Werden spüren
und die Kraft haben und den Mut
das Leben so zu leben wie es ist.

Wenige Tage, nachdem mir die kleine Inge gegenübergesessen war, läutete mittags das Telefon. Der Atem stockte mir in unsinniger Hoffnung beim Abheben des Hörers. Und dann ist es die Stimme des Mädchens. „Guten Tag, Viola", sagt sie sanft. – Nur sie so schnell nicht wiedersehen müssen – nur das nicht!
„Was gibt es, Inge?"
„Eigentlich nichts."
„Nichts?"
„Und doch sehr viel."
Wieder stockt mir der Atem.
Und dann ihr übermütiges, zu helles, zu lautes Aufjubeln: Alles ist gut, alles ist in Ordnung, das Wochenende war sooooo schön und so ist es auch und so wird es bleiben. – Ich hatte es ja gefühlt und ich weiß, daß es gut so ist, und spreche in die Muschel: „Ich freue mich, ich freue mich wirklich."
Meine Kinder sehen mich dabei fragend an und so müssen auch die aufsteigenden Tränen unterbleiben. „Erzähl", sage ich und es folgt ein Schwall von frohen Worten, von denen jedes einzelne ein Schlag zu sein scheint, der mich mit voller Härte trifft. Nie werde ich mir klar werden, ob die Freude, die ich höre, ganz echt, ganz tief ist oder ein billiger Triumph. Sie ist auch durch den Draht so laut, fast peinlich. Ich weiß, daß das zarte Dingelchen im Büro steht, höre Maschineschreiben und Stimmen um sie, weiß, daß mehrere Menschen ihr zuhören, und habe das ungute Gefühl, daß auch sie es ganz genau weiß und mit voller Bewußtheit ihren Sieg hinausschmettert.

Der Schmerz! Er bohrt sich in meine Seele, wie ich es nie für möglich hielt, während ich der Schilderung über die Zärtlichkeit Deiner Hände und über die Größe Deines Gefühls und über Deinen Besuch von gestern lausche.

Das also heißt wohl reif werden. Ertragen können, die Tränen verdauen und keine Beschwerden kriegen, lachen, Glück wünschen und den Verlust tragen. Haltung bewahren. Nicht mehr schreien, nicht mehr aufbegehren, tiefer leben, inniger als je zuvor und Kraft haben, viel Kraft. Den Hörer gleichmütig auflegen, den Kindern zulächeln und Suppe essen gehen.

MEIN GOTT, es muß ein Ende haben mit diesem blödsinnigen Anstarren von Fotos, mit diesem Streicheln der Hände über ein papierenes Gesicht, mit diesem sinnlosen, lauten Vormichhinsprechen des geliebten Namens. Es muß ein Ende sein mit den Tränen, dem Zittern der Glieder, mit diesem wahnsinnigen, unerfüllbaren, sinnlosen Sehnen.

Ich will versuchen, diese neuen entleerten, ohnmächtigen Tage zu leben. – Wozu?

Du noch einmal hier!
Deine restlichen Sachen abzuholen, die Arbeit zu übergeben. –
Du noch einmal hier!
Eine Woche.
Nahe.
Fast in Rufweite.
Herrgott im Himmel!
Danke.
Ich sehe um mich, als wäre ich eben erst erwacht.
War dieser Himmel gestern auch so blau?
War die Linie der im Winde schwingenden Äste auch gestern so anmutig?

49

Lag die braune Erde des Ackers auch am gestrigen Tage so erlöst und demütig unter der Sonne? Wie mein Körper sich strafft und regt gleich einer Pflanze in Sonne und Wind –
Wie anders mein Gesicht aus dem Spiegel blickt! Welche Helligkeit um mich! Welcher Frohsinn! Welche Güte!
Wieder neben Dir zu sitzen. Inmitten der anderen Menschen Deine atmende Nähe zu fühlen und den Klang Deiner Stimme zu hören. Ich bin dankbar und glücklich, einfach da zu sein.
Nichts in mir kann je wieder so werden wie vorher. Bevor ich Dich kannte, Dir begegnete. So muß ich eben anders werden. So wahr mir Gott helfe.
Vorbei. –

DIE BLUMEN im Garten sind verbrannt vom Reif und ihre ehemals leuchtend stolzen Köpfe hängen geknickt, unansehnlich, ausgelaugt, farblos. Dünner kalter Regen stäubt endlos von einem Himmel, dessen Grau ohne jegliche Schattierung vom Dunkel des Morgens einen fahlen Bogen zum Dunkel des Abends spannt. Nichts ist vor den Fenstern, das ein Versprechen wäre. Alles ist beschlossen, beendet, alles ist voll von einer erbarmungslosen Endgültigkeit.
Vorbei. –
Das letzte waren die Finger Deiner linken Hand in meiner rechten. Das letzte war ein endgültiges klares Verstehen, wenngleich vom Zittern der Angst um diese letzten Augenblicke durchschauert. Das letzte waren schnelle, leise Worte in gleichem tiefem Begreifen vom Einen zum Andern gegeben wie am ersten Tag.
Die letzte Berührung unserer Hände war ebenso scheu, wild, zärtlich und fast erschrocken wie die erste vor Jahren.
Dein Fortgehen, ohne mich anzusehen, war zum letzten Mal eine Flucht vor mir und Dir selbst. Deine letzten Worte verrieten Deine Liebe ebenso wie Deine ersten.
Vorbei.
Was bleibt, ist ein Gefühl unendlicher Dankbarkeit.
Aber um Himmels willen – was nun?

Nach jenem Telefongespräch mit Inge in diesem Frühling vor ein-einhalb Jahren standest Du eines Nachmittags wieder in meiner Wohnung. Scheinbar einer Nichtigkeit halber warst Du gekommen. Deine Tasche zu hinterlegen, um sie am Abend wieder abzuholen. Zunächst saßen wir am Bett meines kleinen Mädchens, das gerade die Masern hatte, dann bat ich Dich in das vordere Zimmer. Ver-stört, und mit eiskalten Fingern die Zigarettenschachtel zermar-ternd, einen würgenden Klumpen im Hals, saß ich neben Dir und sah ganz bewußt jeden Zug Deines Gesichts. Studierte eingehend diese großen dunklen Augen, die Deine Gesichtszüge so ungemein lebendig überstrahlen, den Schwung der starken Brauen darüber, diese energische gerade Nase, die eigenwillige, fast wilde Linie um Mund und Kinn.

Mein Gott, Dein Mund an meinem Hals – diese zärtliche Berührung im fahrenden Auto des Nachts, und dann Inge. Inge –

Die Verzweiflung sprang aus mir heraus wie ein bellender Hund, den man von der Kette läßt, und zerriß Dein beherrschtes Schweigen jäh und ungebärdig. Und so traf mich nach mehr als einem Jahr das Erkennen und Wissen um gleiches Empfinden und Sehnen, Su-chen und Verwehren, als ob der wütend bellende Hund schon im Ansprung die Witterung des Freundes bekommen hätte und all die Kraft seiner wilden Feindschaft sich umkehrte in Freude.

Dann standest Du an der Tür. Da kam mir Dein Name auf die Lip-pen, unaufhaltsam, weich, bittend. Und Du wendetest Dich um, jäh, ebenso unaufhaltsam, weich, fragend. Unauslöschlich bleibt mir das Bild Deines nahen Gesichts, die Bewegung Deiner aufge-störten Hände, die plötzliche Wendung der schmalen Hüften vor mir. Und ich sprach die drei Worte, die alles enthüllten und gleich-zeitig alles verschlossen. Ich sprach sie, weil ich es mußte, weil sie nicht unausgesprochen bleiben durften. „Ich liebe Dich", sagte ich langsam und leise und Du als Ganzes in überwältigend mir entge-genbrandender Empfindung mit einem seltsam offenen Ausdruck Deiner Augen neigtest Dich mir zu, so daß unsere Schläfen in un-aussprechlicher Innigkeit einander berührten, sekundenlang. Und ich hatte das Gefühl des vollkommenen Ineinanderstürzens für einen Augenblick. –

Dann erfaßte Dich die klare Größe schreckhaften Erkennens. „Es ist Wahnsinn", sagten Deine Lippen tonlos, Du gingst durch die Tür und hinüber zu den Kindern und dann warst Du fort.

Und in mir war es so: Als wäre ich gefeit gegen alle Übel der Welt, gefeit durch die Gnade dieses Erlebens. Und ich gehe durch die Straßen und oft sehen mich die Menschen an, staunend, froh und gläubig, als spürten sie das Strahlen von abertausend Sonnen, das aus mir bricht und meinen Schritt leicht macht und beschwingt und mein Gesicht hell und meine Stimme fröhlich. Alles kommt mir gut und dankbar entgegen, als spürten die Menschen die Kraft, die die hinreißende Gewalt dieses Begegnens in mir freimachte. Nie lebte ich so unmittelbar und dem Wesen aller Dinge so nahe, nie war ich so entrückt und über das Alltägliche emporgewachsen wie jetzt, nie! Und das Bewußtsein, mit jedem Tag dieses Lebens wachsen zu können, reifer zu werden, tiefer zu erkennen, verleiht mir Schwingen ungeahnter Freude. –

WIE SOLL ICH LEBEN mit dieser Gleichgültigkeit im Herzen?

Wozu soll ich arbeiten, wenn ich jegliches Ziel verloren habe?

Warum soll ich atmen ohne Hoffnung, ohne Freude, ohne Zukunft?

Kann ich schlafen ohne Träume?

Lachen ohne Fröhlichkeit?

Singen ohne Melodie?

Lieben?

Glauben?

Beten?

Ich habe nicht gewußt, daß das Leben so entsetzlich ist.

Ich habe nicht gewußt, daß das Schicksal so unabänderlich uns zwingt.

Ich habe nicht gewußt, daß die Liebe so groß über allem stehen kann.

Ich habe mich nicht gekannt.
Vor Gott mich nicht gebeugt.
Das Leben verleugnet.
Bin müde.
Gequält.
Verzweifelt.
Es gibt keine Hilfe.
Nichts, das Verlorenes wiederbrächte, nichts, das eine Rettung
wäre.
Ich möchte Deine Augen wiedersehen.
Ich möchte Deine Lippen fühlen.
Ich sehne mich nach Deinen Händen.
Wäre ich tot!
Fände ich die Kraft zu sterben!
Den Mut!
Herrgott!

Ich begreife viel, aber nicht alles. Ich leide unendlich, aber nicht
genug.
Über alles geliebter Mensch, wo – wo bist Du?
Welcher arme Irre prägte das Wort: Es ist nie zu spät?
Zu feige, um ganz zu lieben.
Zu klein, um ganz zu sterben.
Zu träge, um ganz zu leben.
Mich ekelt vor mir selbst.
Gibt es ein Betäubungsmittel für die Seele? Ein Mittel gegen diesen
Aberwitz an Schmerz?
Es hilft keine Arbeit.
Ich stolpere durch den Tag und schlage mich wund an meiner eige-
nen Ungeschicklichkeit.
Hilfe!
Wie glaubte ich denn jemals in meinem Leben mich wieder zurecht-
finden zu können ohne den Widerhall in dem Deinen?

Ich wußte ja gar nicht mehr um ein Dasein ohne Dich! Ich will keine neuen Tage mehr sehen. Will keinen Frühling mehr leben. Will nicht alt werden in Frieden oder Unfrieden!

Herrgott, wenn es dich gibt, oder mehrere deiner Art – so sagt mir doch, wie ich nun weiterleben soll!

Gott, der du so grausam mit meinem Leben spieltest – was nun? Ha, ich wette, du weißt es selbst nicht … was nun? Nun weißt auch *du* nicht weiter – hast dich im eigenen Entwurf verstrickt! So tritt mich doch einfach zusammen, wenn ich dir lästig bin! Der Tod hat jeden Schrecken für mich verloren. Der Schmerz ist ebenso uferlos, wild und ungebärdig, wie es einst die Freude war. Wird er ebenso vergehen? –

Nachdem ich dieses klare und ruhige „Ich liebe Dich" gesprochen hatte, nachdem ich Deine ganze unter aller Beherrschung hervorbrechende Zuneigung gefühlt hatte, erfuhr ich an mir die Lebendigkeit der Liebe.

Mein Leib bäumte sich in wildem Schrei nach Dir, in nie gekanntem Verlangen und teilte dem entsetzten Gehirn einen flehenden, glühenden Wunsch mit. – Den Wunsch nach einem Kind! Einem Kind von *diesem* Mann. Einem Kind von Dir. Warum hieß den Leib ich schweigen? Warum floh ich mit raschen Schritten durch Gassen und Straßen, warum glaubte ich fliehen zu müssen, fliehen zu können …

Wie hatte ich zu Dir gesagt, als ich am Tische Dir gegenübersaß und mit den eiskalten Fingern die Zigarettenschachtel zermarterte: „Diese Situation wird es immer wieder geben. Es kommt nur darauf an, was man daraus macht." Und darum war ich wohl damals so schmerzlich bemüht, *nichts* daraus zu machen.

In der Gemütlichkeit meines Wohnzimmers saß eines Abends Inge. An jenem Nachmittag im Kaffeehaus, als die getrockneten Blüten aus Deinem Brief fielen, hatten wir das besprochen. Mein Gott, ich wollte das Mädchen kennenlernen, näher kennenlernen, besser kennenlernen, ganz kennenlernen. Das Mädchen, das Dich so sehr als Besitz betrachtete, daß mir angst und bange werden wollte. Über Literatur sprachen wir und über Musik, über nähen, kochen und über Filme und über den Mann, den wir beide liebten. Ich wollte fair sein und keinen Vorsprung weiblicher Diplomatie bei mir dulden und übersah dabei die Vorgabe an Jugend und Recht im Sinne des Althergebrachten, in Sitte und Moral, den die andere hatte. „Quäl ihn doch nicht mit diesem Kleinkram an Familiensorgen", hörte ich mich sagen – „wenn er bei dir ist, muß deine bloße Gegenwart alles überstrahlen, muß es so sein, daß er überwältigt ist." So lieferte ich Waffe um Waffe in die Hände des Mädchens. Ich wollte einen gleichstarken Gegner. Und Deine gestammelten Worte im Ohr: „Es ist Wahnsinn …", wollte ich alle Güte, alle Liebe über des Mädchens Herz zu Dir strömen lassen. Wie ahnungslos stand ich vor der Härte des Lebens! Wie schonungslos gab ich mich preis!

Das Wohnzimmer war still damals und warm. Die Kinder mit meiner Mutter ausgegangen und die von Frau zu Frau gegebenen Worte machten mich inniger, das Mädchen weicher und brachten im Lampenschein uns näher aneinander, als wir eigentlich wollten.

Wenige Minuten nachdem die zarte Gestalt in ihrem Regenmantel zur Tür hinausgeschlüpft war, läutete das Telefon und Deine Stimme traf mich bis in die Eingeweide.

Jubel, Jubel, immergleicher Jubel!

Du habest kein Quartier für diese Nacht – ob in meiner Wohnung (es war die Wohnung meiner Mutter in der großen Stadt) ein Bett frei wäre. Eine halbe Stunde danach saßest *Du* in der Gemütlichkeit des Wohnzimmers. Die Stille der Wärme wich wie immer bei Deinem Eintreten einer strahlenden Fröhlichkeit, einer schäumenden Lebenslust. Dann warst auch Du wieder bei der Tür draußen. – Inge – mein Gott, wie weit weg war der Gedanke an sie, wie weit weg war sie selbst, ihr kleines unbeugsam willensstarkes Gesicht, ihre fast quälende Forderung an das Leben.

Gegen vier Uhr morgens hörte ich Deinen Schritt im Vorzimmer und dann das Anreißen des Streichholzes, als Du die Zigarette nahmst, die ich Dir auf den Tisch gelegt hatte.

Schweißgebadet lag ich in meinen Kissen, nur durch eine Glastür von Dir getrennt, und krallte meine Finger in die Bettücher. Mein Gehirn hämmerte zum Zerspringen und eine maßlose Übelkeit kämpfte sich aus der Tiefe meines Leibes empor. Wie in Trance hatte ich diesen Abend begonnen, ein Bad genommen, ein frisches Nachtgewand und war halbbetäubt gelegen, Stunde um Stunde anrennend gegen ein wildes Begehren und den rasenden Wunsch nach dem Kind. – Hättest Du damals auch nur die Finger auf die Türschnalle gelegt – mein ganzer Halt wäre gerissen, geplatzt, geborsten wie eine überreife Frucht. Doch es geschah nichts. Wie auch solltest Du wissen, hinter welcher Tür ich lag und wie sehr ich mich nach Dir sehnte. Meine Kraft reichte nicht aus, mich zu erheben, meine Kraft hatte sich im Zittern und Warten verbraucht, mein Sehnen verfing sich in der Angst, ein Verbrechen zu begehen, mein schwitzender Leib klammerte sich in die Tücher, um die Seele in den vermeintlich richtigen Bahnen zu halten. Recht und Unrecht hatten sich noch nicht zu verwischen, zu verschieben begonnen. Recht und Unrecht standen noch scheinbar ehern Wache an meinem Lager. Recht und Unrecht waren noch deutlich zu erkennen und hatten noch nicht begonnen, in verwirrendem Treiben sich zu bewegen und in bestrickender Einfachheit die Plätze zu wechseln. Recht war, daß ich mich nicht erhob. Recht war, daß Du einen Schluck Wasser trankst und dann schliefst. Recht war es, Dein Zimmer nicht zu betreten. Und wahrscheinlich hätten wir es beide als Recht empfunden, daß Du – wäre ich gekommen – mich brutal zurückgewiesen, verachtet, gehaßt hättest. Wir ahnten beide nichts von der Sinnlosigkeit des Kampfes gegen die Liebe, ahnten nichts von dem Wachsen der Sehnsucht mit dem Wachsen der Achtung voreinander, wußten nicht um die Sündhaftigkeit der Selbstverleugnung.

Halbirre taumelte ich am Morgen, nachdem Du gegangen warst, durch die Straßen. Lieber Gott im Himmel, sei bedankt dafür, daß ich die Beherrschung nicht verlor, sei bedankt, lieber Gott im Himmel, daß wir jeder wir selbst bleiben konnten, sei bedankt.

Aber nun weigerte der Leib sich zum ersten Mal, den tollen Zirkus mitzumachen, wehrte sich gegen das gewagte asketische Kunststück, sich selbst aufzugeben, um einer seelischen Kapriole willen, weigerte sich, unter dumpfem Trommelwirbel des Verstandes gleichsam auf dünnem Drahtseil zu tanzen. – Ich fieberte, mußte für Wochen ins Bett und begann den Versuch an den Klarheiten des Alltags einerseits und den Erkenntnissen großer Menschen andrerseits mich aufzurichten.

Endlich hatte ich – Tag für Tag mein ausgemergeltes Innenleben mit neuen Gedanken, alten Weisheiten und der ruhigen Beobachtung meiner Umgebung auffütternd – eine Art Gleichgewicht der Seele errungen und konnte des Samstag Nachmittags lächelnd im Kreise der Familie Geborgenheit fühlen, Geborgenheit geben. Aufmerksam lauschte ich Bertls Berichten aus der Fabrik, hörte von Gustls junger Frau und dem Schnupfen seines Babys, griff nach der Kaffeetasse, mahnte die Kinder und schnitt den Kuchen an. Auf das Läuten an der Eingangstür ging Mutter öffnen und *Du* standest wie immer jäh, unvermittelt mit Deinen lachenden Augen mitten im Zimmer, eine voll erblühte gelbe Rose in der Hand, verbeugtest Dich mit leichter Verlegenheit und gabst mir einfach die Blume mit all ihrem Duft, ihrer Schönheit, ihren Dornen. „Ich habe gehört, Du seist krank, Viola, du solltest Blumen haben – ich habe sie gestohlen im Stadtpark –"

Warum warst Du bloß gekommen, Gerhard, warum?

Meine Augen sahen Dich so staunend, mein Herz so fragend, mein Verstand so prüfend. Und die Antwort war ein klares Ja mir selbst gegenüber. Ein Ja zu meinem Begehren – groß dem Nein des Verstandes gegenüber. Hätten wir damals geahnt, wie unanständig die sogenannte Anständigkeit sein kann, wie armselig die sogenannte „Haltung", wie jämmerlich klein sich die an anderen bewunderte „menschliche Größe" am eigenen Leibe anfühlt! Wir glaubten uns beide unendlich stark, rein und jung. Wir glaubten an uns selbst, ohne zu wissen, wie sehr unser Selbst erst werde zerbrechen müssen, um uns einer dem andern zeigen zu können, ohne zu wissen, wie tief jeder Glaube verloren gehen muß, wie sehr die Preisgabe jeder Unschuld notwendig ist, um den Glauben an den anderen erst zu finden.

Ich hatte die Rose und wünschte Dich fort. Was sollte Dein helles Lachen an meinem Familientisch? Was sollte Deine junge rauhe Stimme in mir erwecken? Was solltest Du in meiner Welt?

Wiedergenesen saß ich mit Bertl an irgendeinem Kaffeehaustisch. Sonntäglich gekleidete Menschen um uns, ein verregneter Nachmittag im späten Frühling, mit den letzten angelaufenen Fensterscheiben des Jahres. Alles um uns schien unbeschwert heiter, jeder Tisch eine Insel kleiner zufriedener Glückseligkeit für sich. Solch ein Inselchen kann man nur in einiger fröhlichen Klarheit erwerben – dachte ich, laßt mich doch wieder heimkehren zu solch simplem, gutem Wohlbefinden, harmlosem Klatsch, zu solch bürgerlicher Kaffeestunde. Wie konnte ich wissen, daß es eine totale Rückkehr niemals gibt? Daß niemals, niemals derselbe heimkehren kann, der fortging?

„Bertl", sagte ich, „laß mich tiefer, inniger an dich anschließen – es war alles so schwierig." Er lächelte spöttisch, versuchte irgendeinen kleinen Zynismus, so daß ich spürte, wie die Wärme in meiner Kehle zu erstarren begann, und mit erfrorener Stimme hörte ich mich sagen: „Gerhard bedeutete viel für mich ..." Ungestüm und hart fuhr Bertls Stimme dazwischen mit einem barschen: „Ich weiß", das wie das Knurren eines wütenden Hundes klang und mir den Mund schmerzhaft, jäh und endgültig verschloß. Was hatte ich eigentlich erwartet? Was hatte ich erwartet, was ...

Laß die Tränen nicht aus dir heraus, bleibe an dem Platz, auf den du gehörst, lächle deinen Mann an, wie es deine Pflicht ist, gehe heim zum Abendessen und morgen gib der gelben Rose frisches Wasser.

Im folgenden Sommer bezogen Bertl, die Kinder und ich unser neues Haus. Ein ganz neues, ganz leeres, ganz sauberes, frisches Haus. Ein ganzes Haus für Bertl, die Kinder und mich!

Irgendwie trieb es uns vier in eine gemeinsame, erwartungsvolle Freude, dieses Haus, mit seinen leeren unberührten Wänden, unbetretenen Böden, klaren Fensterscheiben. Und als wir vor dem Möbelwagen her von einer Wohnstatt zur anderen fuhren, hatte ich das Gefühl, alles Bisherige ebenso zurücklassen zu können wie die verlassenen Räume und einen neuen, unberührten Abschnitt meines Lebens zu beginnen.

Wenn wir doch aufhören könnten, etwas ganz Bestimmtes zu wollen, aufhören könnten, an die Macht des eigenen Willens zu glauben, – wir könnten nie so verzweifeln an uns selbst und den Umständen in und um uns ...

Bertl begann mit einem wahren Feuereifer die Einrichtung unseres Heims, das zum ersten Mal für unsere kleine Familie ein geschlossenes Ganzes mit genügend Lebensraum zu werden versprach. Wie viele Jahre hatten wir darauf gewartet, darauf hingearbeitet!

Wir waren zufrieden. Wir waren glücklich. Gert und Ute sprangen durch ihre neuen Zimmer und steckten voller Pläne und Jauchzen. Wir waren eine Geschlossenheit nach außen und willens, diese zu bewahren.

Das Mädchen Ilse kam ein- oder zweimal mit neugierigen und hungrig lachenden Augen und ich sah mit einem kleinen Schmerz, mit welch vertrauter Bewegung ihr Bertl die Hand auf die Schulter legte. Aber sie stieg in ihr Auto und fuhr nach Hause und ließ die Besuche sein.

Gerhard? Mein Gott, es war wohl hundert Jahre her, daß er die gelbe Rose gebracht hatte, daß Begehren und Sehnsucht mich verwirrten, hundert Jahre wohl ...

Aber dann kam er von seinem Urlaub zurück, und da unser Haus als Dienstwohnung gegenüber der Fabrik lag, sah ich ihn am ersten Tag. Und es verging kaum ein Tag, an dem ich ihn nicht sah. Über den Hof gehen, am Fenster, mit dem Wagen wegfahren, da oder dort.

Eines Samstagmittags kamst Du durch die Gartentür hereinge-
stürmt, trankst den Kaffee mit uns und dann fuhren wir mit unserm
Wagen zwanzig Kilometer weit zu Bekannten.

Und als Du da so schräg hinter mir saßest und Deine lebhafte Stimme mich ansprang, fast zu laut und etwas rauh, als ich Deinen Blick
im Nacken fühlte und Deine rechte Hand mir nahe kam, als Du mir
Feuer gabst, wußte ich, daß hundert Jahre vergangen waren wie ein
Tag und zwischen uns die glimmend hellen Funken sprangen genauso neu, genauso selbstverständlich, genauso unmittelbar wie in
jener Nacht, als sich meine linke Hand in Deinem kurzen Haar fand
und Deine Lippen den Wunsch hatten, die meinen zu suchen.

Fast erschreckte mich diese Erkenntnis und doch durchflutete mich
Freude, reine, tiefe Freude, so warm und gut und einfach, daß das
Bild der vorbeiziehenden Landschaft, die atmende Lebendigkeit
Bertls und der Kinder in sie einströmte und dadurch zu klarer reiner
Schönheit wurde.

Wieder reifte der Sommer heran, wieder wurde es August, wieder
atmeten die Tage Hitze und glühendes Leben. Wieder ging ich mit
leichten beschwingten Schritten durch die Zeit, wieder freute ich
mich von einer Stunde auf die andere, ohne erklären zu können
oder zu wollen, warum. – Inges Lockenkopf tauchte an einem Wochenende bei uns auf und saß mit Gerhard am Wohnzimmertisch.
Lähmend in ihrer leicht abweisenden zurückhaltenden Ernsthaftig-
keit, verletzend in ihren kleinen Frechheiten. An Gerhard klebend
wie eine kleine ruppige Klette. In unsrer aller hellen Fröhlichkeit
ein schweigender dunkler Fleck. Mißmutig besah sie unser neues
Heim, mißmutig trank sie ihren Kaffee, mißmutig stieg sie in den
Wagen, als wir nach Aberbach zum Kirtag fuhren. Eine zornige kleine Hexe schalt sie an Gerhard herum, bis auch er gereizt war, und
als sich vom Mühlenhof jemand erbötig machte, sie in die Hauptstadt mitzunehmen, atmeten alle hörbar auf.

Nie habe ich von Außenstehenden ein anerkennendes oder freund-
liches Wort über dieses junge Mädchen vernommen. Wie hatte ich

mich um dieses Geschöpf bemüht und inmitten scheinbaren Liebreizes nichts als kalte berechnende Selbstsucht gefunden. „Ich muß sie liebhaben", sagte ich eines Tages zu Gerhard, „weil Du sie liebst" – und deshalb versuchte ich immer wieder, ihr entgegenzugehen, ihr zu geben von all meiner gläubigen Kraft. Und erntete Furcht und Haß von ihrer Seite.

Wie so oft an den Wochenenden saß im geräumigen Zimmer des Mühlenhofes eine zusammengewürfelte, ausgelassene Gesellschaft. Und später tanzten wir in der kleinen Bar hinter dem Kaffeehaus. Ich trug das enge rote Kleid, ich sah Deine Augen vor mir, ich fühlte die Kraft und Wärme Deiner Arme. „Sprich etwas", sagtest Du, „sprich irgendetwas, laß uns nur diese wunderbaren Minuten nicht zerstören –", und dann beim zweiten Tanz: „Wenn ich nur in Deiner Nähe sein kann. –"
Max saß am Tisch, der kleine Max von der Tankstelle, und sah Dich fast bewundernd an. „Gerhard", sagte er, „so ausgelassen, so fröhlich kenne ich dich gar nicht. Was ist in dich gefahren heute?" Und Du nahmst mich bei der Hand und führtest mich zum nächsten Tanz. Leise und langsam sprach ich die Worte unseres ersten Abends: „Jetzt ist es wunderbar, ist es schön, aber morgen sind wir wieder dort, wo wir hingehören." In Deiner Stimme schwang erstmalig leichte Bitterkeit: „Beide gebunden." Ich sah Dich an. „Wir dürfen nur nicht *mehr* wollen."
Oh mein Gott, wie waren wir beide ahnungslos! Wie wenig wußten wir beide von uns und unserer Liebe. Liebe kann man nicht begrenzen, nicht einengen, nicht teilen. Man kann nicht lieben bis hierher und weiter nicht. Wir haben beide einen starken Willen und klaren Verstand. Das brachte uns um alles. Wille und Verstand betrog uns um das Leben. Wir glaubten uns so sicher in unserer Kraft, so stark in unserer selbstbetrachtenden Kühle, so gottgleich in unserem Dünkel, dieser Liebe einen bestimmten Lebensraum zuteilen zu können.

„Wir dürfen nicht mehr wollen." Mit diesem Satz glaubten wir uns gefeit gegen jede Attacke unserer Gefühle, gefeit gegen jegliche Hingabe.

JETZT:
Alle Lichter sind erstorben,
Dunkelheit ist rings um mich.
Trübe, bitter und verdorben
sind die Tage ohne dich.

Meine Träume sind so müde,
meine Hoffnung ist so krank.
Ohne dich sind sie so trübe,
diese Tage, und so lang.

Meine Seele ist so blind,
meine Hände sind so schwer.
Einsam, alt und traurig
sind die Tage ohne Dich – und leer.

Es war der zweite Herbst. Und Du in den Bergen und ich hatte niemals noch so blinde, einsame Tage gekannt inmitten von Menschen und Frohsinn.
Dann warst Du wieder da. Unversehrt, braungebrannt mit all dem Strahlen des Herbsthimmels in Deinen Augen. Verspätet kamst Du in eine unsrer nächtlichen, heiteren Runden am Kamin. Gustl saß bei uns und Sigmund, die Vertreter aus der Großstadt und seit langem wieder einmal Kalmann, der Prokurist. Ins laute Stimmengewirr schnitt der Klang der Türglocke und verriet mir im Augenblick Deine Hand. Als ich Dir gegenüberstand, glücklich und gelöst, hörte ich noch das erregte Klappern meiner Schritte nachhallen und den nicht zu bändigenden Jubel in meiner Stimme, als ich Deinen Namen rief. Ich fühlte grell, fast mit schmerzlichem Trotz, daß es nicht möglich ist, ein solch klares, tiefes Gefühl zu verbergen.

SCHNEE LIEGT über dem Land und ein harter, erbarmungsloser Frost seit Wochen. Frost und Dunkelheit über dem Ende des vergangenen Jahres. Frost und starre Erbarmungslosigkeit über dem Anfang des neuen Jahres. Stürme von eisiger Kälte brausen über das Land und zwingen alles Lebendige in die letzten Winkel von Erde und Stein, die Schutz bieten vor dieser Urgewalt. Die Luft ist wie ein Diamant und eine fremde Sonne schlägt Feuer ohne Wärme in sie. Da ist er nun, der Winter. Welch seltsame Gnadenlosigkeit in jedem Tag, welch strenges Maß in Form und Farbe, welch peitschendes Züchtigen, welch kraftvolles Niederwerfen von Wärme und Licht! Endlos scheint der Winter in diesem Jahr. Endlos die grausame Zeit der Vergangenheit, endlos die Hoffnungslosigkeit der Zukunft.

Wie soll es je wieder Frühling werden? Knospen soll es wieder geben können, keimendes Leben, Vogelgesang, Blüten? Sommer soll wieder werden mit glimmender Hitze über versengten Feldern? Selig, wer daran glauben kann, es wirklich *glauben* kann, nicht nur ablesen am Kalender und wissen aus der Erfahrung gelebter Jahre!

Winter ist geworden. Auch für mich. Er ist nicht mehr Frage, nicht Erwartung, er ist da. Er ist nicht Friede, nicht Schlaf unter dem Schnee, nicht Ruhe, nicht Zeit zum Sammeln von Kraft. Er ist brutal, unerbittlich. Er brachte grenzenlose Einsamkeit und die Klarheit in wahnwitzigen Stürmen errungener Erkenntnisse. Seine eisige Wildheit jagte jeden Begriff in eine andere Form, löschte Schönheit zu Nichts und schuf Bilder kristallener Reinheit aus Häßlichkeit und Nebel.

Nichts an mir ist sich gleich geblieben. Nichts hatte Bestand vor diesen Urgewalten. Mein Körper kämpft sich aus einer verzweifelten Müdigkeit in eine neue, bewußt aufgerichtete Haltung und endlich scheint er eins zu werden mit Geist und Seele, bewußt eins zu werden mit meinem ganzen Selbst. Jeder Gedanke geschüttelt und geläutert von den Wirbelstürmen des Gefühls, gerädert von der Erinnerung, gefoltert von der Sehnsucht, gemartert von der Hoffnungslosigkeit, ringt sich freier, unabhängiger empor denn je in meinem Leben – sich niederwerfend oder hochzerrend in der Wucht der Empfindung.

Die Liebe schläft nicht, sie ist nicht tot. Sie jagt die eisige Kälte der Verzweiflung über Leib und Seele, bis ich erstarrt scheine zu völliger Empfindungslosigkeit, sie peitscht mit der Sehnsucht mir Leib und Seele, daß ich zu Boden breche und die Unfähigkeit fürchte, mich je wieder erheben zu können.

Es sind bald drei Monate her, Gerhard, daß ich an der Tür Deine Stimme zum letzten Mal hörte, die wenige und hastige Worte zu Bertl sprach. Daß ich an diesem frühen Morgen in Hände und Kissen biß, um den Schrei nicht laut werden zu lassen, als das Motorgeräusch Deines Wagens sich mehr und mehr entfernte.

Hin und wieder gibt es eine Art von Waffenstillstand in diesem Winter. Dann sendet die fremde Sonne gleichgültige, energielose Strahlen in die bizarre Landschaft. Waffenstillstand in herber Gleichgültigkeit. Beklemmend wie befreiend zugleich. Tage ruhigen Atmens in der Erwartung kommenden Ringens, lichte, kühle, seltsam leichte Tage. Freundlichkeit ohne Innigkeit, Freude ohne Jubel, Arbeit ohne Erfüllung.

Müdigkeit ohne Erschöpfung. Begriffe wie „stilles Heim“, „angenehmer Pflichtenkreis“, „Geborgenheit in der Familie“! Wärme ohne Glut.

Eh es begonnen
ist alles vorbei.
Und nun ist Dezember.
Dachtest du Mai?

Eh noch die Blüten
entfaltet im Wind,
brachen die Stengel.
Nur Brennessel sind.

Eh dich die Sonne
zum Leben gebracht,
dunkelte es.
Nun ist es Nacht.

Eh ein Gedanke
sich rang zum Begreifen,
war er vergebens.
Und du wolltest reifen!

Die Wurzel im Erdreich
blieb dir allein.
Die Wurzel der Hoffnung:
Leben wird sein.

Nie sah ich in den Kerzenlichtern des Weihnachtsbaumes ein so
tröstliches Licht, obwohl ich niemals so glaubenslos davorstand.
Dennoch ein ungeheuer tröstliches Symbol. Licht wird werden …
An einem der Abende nach dem Fest nahm Gustl von uns Abschied. Auch er bekam ein neues, größeres Aufgabengebiet. Unter
dem Lichterbaum stand er nun, leicht berauscht vom Wein und vom
Wissen um die Endgültigkeit des Auseinandergehens. Er träumte in
das Licht und fiel Bertl um den Hals und gab mir kalte und harte
Worte. Und ich wußte doch um seinen Schmerz! Warum müssen

Menschen immer wieder in den Haß fliehen vor der Liebe? Warum nahm er sich aus diesen Augenblicken nicht Wärme mit, nicht Halt, nicht Stärke? Nie habe ich ihn belogen, nie ihm mehr versprochen, als ich geben konnte und wollte. Nie habe ich ihn verlacht, verachtet, nicht angehört. Wieder ernte ich Haß, wo ich glaubte in Güte, Freundschaft und Verstehen entgegengekommen zu sein. Gustl, du hast ein Maß an Liebe über mich verschüttet, das ich als kostbares, überreiches Geschenk demütig entgegennahm, ohne es gebrauchen zu wollen, ohne es in seinen Tiefen ergründen zu können, aus Angst vielleicht etwas zu zerstören. Du zahlst mir diese unbewußte Halbheit mit ganzer Münze heim. Versuchst mich im Gespräch wissensmäßig aufs Glatteis zu führen, nennst mich unmoralisch, hoffärtig, ein Nichts. Zu dir wollte ich jemals all meine Not tragen!

Gustl, viel Schönheit hast du mich fühlen gelehrt, – aber du wolltest nicht meine Dankbarkeit, Du wolltest meinen Körper, und vielleicht nur das. Verstehen konntest du nichts. Und so saß ich unter dem Lichterbaum in jener Nacht, und dieses einzige Mal, während Bertl die Gläser füllte, und Gustls Augen in stummer Wildheit auf mich sahen, betete ich in die Lichter hinein wie nie in meinem Leben. Betete mit wortloser Kraft für diese gequälte Menschenseele, die mit jeder kleinen Geste mich so sehr zurückstieß und sich dadurch am meisten verriet.

Doch nun zurück zu dem Herbst, der Bertl endlich eine bessere Position in der Firma brachte und der uns endlich die Wohnung bescherte, der nach einem Jahr in der Hauptstadt die Kinder und mich wieder nach Kleinstetten brachte. Zurück zu jenem Herbst, der angefüllt war mit Hammer und Nägeln, Leinwand und Papier, Kleister und Farbe, mit planen und ordnen, mit hilfsbereiter Geselligkeit und fröhlichem Zueinanderstehen. Immer hallte unser Haus von Stimmen, immer gab es leichte gute Worte, jeder Tag brachte freundlich Neues mit sich. Bertl stürzte sich in das Haus wie in eine Aufgabe. Er schien Jahre hinter sich werfen zu wollen, er schien Jahre einholen zu wollen, er schien seine ganze Umgebung, seine

Familie, sich selbst verändern zu wollen. Ein- oder zweimal stand Ilse vor der Tür und Bertls Stimme jubelte ihr entgegen. Für mich hatten ihre übermütigen Augen einen fast scheuen Blick und mein Lächeln deckte das Befremden zu, das Bertls vertrautes Berühren des Mädchens in mir weckte. – Eines Abends, als Ilse in unserer Runde saß, bot ich ihr das Du-Wort an, das schwesterliche Du, weil um diese Zeit mein Verstehen so weit gereift war, all mein Leben so weit gewachsen war, daß ich in diesem neuen Schauen auch ihre Sehnsucht, ihr gutes Wollen begriff.

Die ersten Wochen in unserem neuen Haus werden mir unvergeß-lich bleiben. Weil auch ich ebenso wie Bertl glaubte, alles Vergangene hinter mir gelassen zu haben, weil wir beide in kindlich unschuldiger Einfalt annahmen, es hinge nur von unserem Willen ab, neu und von vorne zu beginnen. Wir waren sehr glücklich, mit den Kindern beisammen zu sein, und schmiedeten Pläne für die Einrichtung der Zimmer und des Gartens, freuten uns einfach an den gemeinsamen Mahlzeiten und den gemeinsam verbrachten freien Stunden. War es das Gefühl, zu Hause zu sein in der vom Schicksal gefügten Ordnung, zu Hause zu sein in der Möglichkeit unserer Grenzen, das uns so unbeschwert sein ließ und alles Tun und Lassen als richtig empfinden?

Aber eines Nachmittags saßen wir im Auto, machten einen Ausflug durch die herbstreife Landschaft. Und Kalmann, im Fond sitzend, seine Zigaretten gemütlich paffend, sagte den Namen „Gerhard", „Na, es ist Zeit", meinte er, „daß sein Urlaub zu Ende geht – ich habe schon eine schöne Menge Arbeit für ihn aufgestapelt, wenn er Montag kommt."

Montag also – dachte ich, Gerhard!

Woher kam die selige Wärme, die in mir aufsprang, welches Licht übergoß plötzlich Felder und Gärten zur Linken und zur Rechten? Was sollte der Jubel in Schoß und Herz und Kopf? War ich nicht glücklich gewesen zwei freie Wochen lang?

Zeichnete nicht Zufriedenheit vierzehn erfüllte Tage? Glaubte ich nicht Zeit und Ewigkeit hinweggegangen über ein verströmtes Gefühl?

Da war auf einmal diese Innigkeit – da war plötzlich die wunderbare Größe inniger Freude. Und so trat Dein Leben erneut in das meine, so sah ich Dein Lachen wieder, so erkannten wir das überwältigende Gefühl des „Einander-nahe-Seins".

„Wir haben uns sehr lieb, Viola", sagtest Du an dem Abend zu mir, als Du dann so schnell und ohne Abschied davonliefst und Bertl Dir kopfschüttelnd nachsah.

Wir haben uns sehr lieb …

Dennoch, Du warst ohne Abschied davongelaufen und ich versuchte mich an Bertl zu klammern in meiner Not.

Im November gab es für mehrere Herren der Firma eine Geschäftsreise über zwei Wochen ins Ausland. Bertl und Gerhard waren dabei. Das Wetter war unfreundlich und kalt und ich war mit den Kindern ans Haus gefesselt.

Natürlich vermißte ich Bertl zu jeder Stunde des Tages. Wie sollte in einer Gemeinsamkeit über ein Jahrzehnt einer den anderen nicht missen? Ich bin gewöhnt, am Frühstückstisch Bertls Tagesprobleme zu erörtern, ich bin es gewöhnt, mittags zu warten, fürsorglich zu sein, pünktlich den Tisch zu decken, die Zeitung bereitzuhalten, ich bin es gewöhnt, beim Kaffee neben Bertl zu sitzen, den Abend zu planen, zärtlich zu sein und gut. Nun war er fort und sein Platz am Tisch und sein Bett leer. Und die Tage waren länger um die Stunden, die sonst ihm gewidmet waren, und das Haus still, ohne seine Stimme, sein Lachen, sein Husten. Bertl, die Kinder und ich – eine Gemeinschaft über eine lange Zeit. Was verbindet uns nicht alles an Fröhlichkeit und Tränen, an gemeinsamer Anstrengung, an Kämpfen mit- und gegeneinander, an Lust und Schmerz! Er erkrankte auf der Reise, ich sorgte mich um ihn, freute mich auf seine Rückkehr, legte all diese Freude in meine Briefe. Und hatte das gute Gefühl, dieses „Freue dich dort, wo's dir erlaubt ist." Liebevoll nahm ich seinen letzten Brief zur Hand, fast aufgeregt öffnete ich ihn. Und dann fand ich nichts als sachlich kühle Worte, den kurzen Bericht des Ehemannes, der in wenigen Tagen wieder zu Hause ist. Aber unten, am Rand, stand ein fröhlich schwungvoller Satz, eine Unterschrift, der mein Herz entgegensprang. – Gerhard!

Ich jubelte nicht, denn nun war es das: „Die ganze Seele jagt dorthin, wo es keiner will", ich selbst nicht, vielleicht auch der Mann nicht, dem alles Fühlen zuströmt, dorthin, wo beschauliche Beobachter diese Seele verhöhnen werden, verspotten, zertreten. – Am Ende der Zeit der Trennung saßen ein zufriedener Bertl, ein glücklicher Gerhard am Tisch an meinem Kamin.

SCHEINBAR OHNE ENDE liegt die Kälte über der Erde. Immer wieder fallen Nebel ein, deren weiche Schleier an jedem Gegenstand, jeder Form, zu starrem Rauhreif zerbrechen. Wenn sie sich heben und der kalte Himmel sichtbar wird, sinkt die Temperatur noch tiefer, wird die Luft noch schärfer. Die Sonne, im Nebel ein strahlenloser roter Ball von sinnloser Fremdheit, weckt an klaren Tagen ein Funkeln und Leuchten aus dem Schnee, das trotz seiner blendenden Schönheit nicht lebt. Es gibt nur das Krächzen des schwarzen Federvolkes und das Knirschen von Schnee unter menschlichem Tritt.

„Wir wollen den Winter mit einem Fest beginnen", sagte ich damals, im Dezember, und Bertl stimmte mir zu. Kalmann, Gustl, Egon und Frau Schick waren einverstanden mit einem gemeinsamen Abend in der Wärme des Speisesaales und wollten noch Hermann Kocian, den Ingenieur, Walter Kaiser, den Chefmechaniker, und Brigitte, die Sekretärin von Kalmann, einladen. „Ich weiß etwas!", rief Frau Schick, als ich bei ihr saß, die Einzelheiten zu besprechen. „Wir machen uns eine hübsche Krampusfeier!" Der Gedanke machte mir Spaß und ich versprach, alle Damen zu verständigen und für Geschenkpäckchen zu sorgen. Auch an Inge schrieb ich – einen einladenden, offenen, und wie ich glaubte herzlichen Brief. Die Antwort war ebenso offen und etwas frech, wie ihr Gesichtchen. Ich wußte, daß sie kommen würde und Gerhard ganz für sich verlangen würde an diesem Abend und ich wollte ihr alles Recht zubilligen und ihr klar und ehrlich entgegenkommen.

Der Speisesaal war nicht wiederzuerkennen. Bunte Glühbirnen tauchten ihn in ein warmes, schimmerndes Licht, Tische und Stühle waren in den Ecken gruppiert, Girlanden, Masken, Schleifen in allen Farben sprühten ihn voll Fröhlichkeit.

Ute an der Hand, die das alles in kindlicher Neugier betrachten wollte, trat ich am späten Nachmittag ein. Da standest *Du* mitten im Raum, in Arbeitshose und Pullover, mit dem Hammer in der Hand, mit verschmiertem Gesicht und wirrem Haar. „Wie gefällt's dir?", lachtest Du. Und führtest mich von Ecke zu Ecke und zeigtest mir die Bar und den Platz für die Musik und den Korb mit den Geschenkpäckchen und nahmst Ute an der Hand und liefst mit ihr von Maske zu Maske, die, eine rot, eine schwarz, eine lachend, eine wild, jede eine markante Teufelsfratze darstellten. „Warte nur, Kleines", sagtest Du und strichst ihr übers Haar, „bald bist du dabei – die Zeit vergeht rasch" – und – mit einem Blick auf mich und glücklich schwingender Stimme – „es wird immer schöner, du wirst sehen, Ute."

Der Abend füllte den Raum mit Stimmen, dem Rascheln von Kleidern, den Rhythmen der Musik. Der Abend kam mit quirlendem Leben auf mich zu, mit dem Geruch von Parfum, dem Rauch von Zigaretten, dem Geschmack von Whisky. Der Abend war mit Bertls gelöster Fröhlichkeit um mich, mit dem Lachen all der bekannten Stimmen, mit dem seligen Gruß Deiner Augen. – Dann kam Inge. Ein wenig steif, wie mir schien, ein wenig ernst. Sofort begann sie Dich, wie immer, von uns anderen zu isolieren, leise auf Dich einzureden, eng neben Dir zu bleiben. Deine Braut war da. Hatte ich sie vergessen? Laßt uns die Gläser leeren! Was bietet sie mir *noch*, die Nacht? Was gibt es noch in diesem Raum, denn Bräutigam und Braut!

Gustl trat verspätet ein. Ein wenig nüchtern, wie mir schien – ein wenig müde. – Warum soll ich nicht Freude geben, wo sie erwartet wird? Gustl, laß mich alles andere vergessen, laß mich neben dir sitzen, dich fröhlich machen, laß mich die Braut vergessen, die grüßenden Augen, laß mich Bertl vergessen, der dort drüben die Sekretärin kost, laß mich Bertls Stimme vergessen, mit der er die Küsse von Fräulein Eva, Brigittes Freundin, so laut und lüstern beschreibt! Laß mich alles vergessen, Gustl, laß uns tanzen, Gustl!

Aber mitten in den Tanz sagte Gustls sonst so weiche Stimme hart: „Viola, du bist nicht um meinetwillen fröhlich, du bist es, weil Gerhard hier ist."

Und wenige Minuten später, Gerhard, standest Du vor mir und in unsere ersten Schritte setzte ich die Worte: „Dich habe ich heute nicht erwartet." Deine Arme schmiegten mich fester an Dich und ich hörte die geliebte Stimme – „Ich weiß nicht, wenn Inge nicht wäre, ich würde sagen, ich lieb dich."

Immer wieder klangen die Worte in mir auf – ich liebte dich, wenn Inge nicht wäre, wenn Inge nicht wäre, liebte ich dich …

Und dann zum zweiten Mal Deine leichte Verbeugung vor mir, die ersten Drehungen im Walzertakt, Dein gebieterischer Griff nach meiner Hand, Deine fordernde Stimme: „Komm!" Unsere raschen Schritte über die Gänge, unser Hasten die Stiegen hinauf, Öffnen, Schließen, Versperren der Tür. Licht, warmes, goldenes Licht der Lampe im Leseraum, atmendes Einander-Ansehen, gelöstes Ruhen auf der gepolsterten Bank. Dein werbender Mund. Mein Stammeln: „Ich habe so sehr gebetet, Gerhard, für keinen Menschen habe ich je so gebetet, Gerhard." Deine starken, gläubigen Arme, Dein sicherer Griff, das Licht zu löschen, und im Dunkeln Dein Körper eng, ganz eng an dem meinen. Die warme, gute Stimme: „Ein einziges Mal dich für mich allein haben – ich will nichts tun, nur *einmal* dich allein haben."

„Ach Gerhard, ich glaube, ich bin Jahr um Jahr durch eine Wüste gegangen –"

Doch Deine rechte Hand, sie strafte Deine Lippen Lügen, sie suchte zärtlich und ruhig nach mir und in der scheinbaren Geborgenheit des kleinen Raumes, der scheinbaren Ferne von Bertl und Inge, der scheinbaren Gelöstheit von jeder Zeit, strafte auch mein Leib mich Lügen, als er meiner Worte nicht achtend (wir dürfen nicht mehr wollen) Deiner Hand entgegenkam, ebenso zärtlich und ruhig.

Aber Gott oder der Teufel oder beide – sie schlafen nie. Eine Hand riß in dem Augenblick, da alles Vergessen uns aus der Welt zu heben schien, an der Türklinke, eine Hand pochte hart am Holz. Jäh war das Licht wieder da, die Stimmen von unten, der Raum und die gepolsterte Bank. „Jetzt bin ich erledigt", sagte ich hart. Du sahst auf mich: „Hab keine Angst", und gingst zur Tür. Gustl stand schweigend herin. Ich saß am Tisch und er sagte kein Wort, ging schweigend zu seinem Mantel, den ich übersehen hatte, dort am andern Stuhl, und holte irgendetwas Belangloses aus dessen Tasche. Ich wollte in meiner verwirrten Hilflosigkeit nach seiner Hand greifen, aber er entriß sie mir und ging. Gerhard vergrub seinen Kopf in meinem Schoß und stöhnte wund: „Ich kann nicht mehr, Viola, ich kann nicht mehr. Ich muß weg von hier …"

ZUM ERSTEN Mal der Laut eines Vogels und am Mittag eine Sonne mit kräftiger Wärme. Wieder singen können, wieder hoffen, wieder weich werden, geschmeidig, wieder gut und froh! Gibt es das?

„Ich muß fort von hier, Viola, ich muß fort." Deine Stimme war ohne Ton, als Du die Worte zum ersten Mal sprachst und ich hörte sie zum ersten Male und war dabei ohne Atem und Begreifen. Du knietest neben mir und ich hielt Dein Haupt mit Schoß und Händen jeden Gedankens bar, ohnmächtig in meinem seligen Schmerz. Warum brauchen wir bloß die Ferne, um uns über Wert und Unwert von Gefühlen, Handlungen, Menschen, Dingen, klarzuwerden? Warum mußtest Du erst weggehen, um mit Deinem ganzen Dasein in mein Leben einzubrechen, daß es zu zerfallen droht?

Und – ein jagendes Läuten der Türglocke und meine jagenden Schritte ihr entgegen. Allem Jubel zum Trotz fast laut die Worte vor mich hingerufen: Gerhard kann's nicht sein – niemals wieder kann es Gerhard sein – fast laut gerufen, nur um mich an der eigenen Stimme zu halten, nur um dann nicht umzusinken beim Anblick eines anderen Gesichts …

Kein Traum, keine Täuschung, kein Trug – Du !

Deine Augen, Dein Lachen, Deine Hände, Deine Wange, Dein Mund –

Immer dieselbe klare Offenheit zwischen uns, immer das gleiche Staunen aneinander, übereinander. Immer diese über aller Tragik, über allem Verhängnis, über aller Not schwebende Größe der Heiterkeit.

Du versuchst nun in die Freundschaft zu retten, was uns blieb an Blick, Stimme und Berühren der Hände. *Du* versuchst nun dasselbe wie ich vor einem Jahr – weil es der einzige Weg ist, der uns offen bleibt, wenn wir nicht ganz verlieren wollen.

Ein Versuch?

Eine Halbheit?

Eine Torheit?

In mir schwingt einfache, große, demütige Dankbarkeit wie eine Glocke. In mir läutet Friede und inniges Glück mit klaren Tönen. In mir ist Atmen, Leben, Gott.

Du hattest zum ersten Mal über Dein Fortgehen gesprochen. Ich hatte zum ersten Mal die Erkenntnis Deiner Sehnsucht und Deine gleichzeitige Angst vor ihr in mich aufgenommen. Ich saß wenige Minuten später betäubt zwischen Menschen. Gustl, Bertl, Inge, Brigitte, – fühlte mich beobachtet, belauert, gedemütigt gleichermaßen wie geadelt, beseligt gleichermaßen wie erschreckt.

Ich saß wenige Tage später am Wohnzimmerkamin, während Gustl und Robert hitzig eine politische Debatte führten, eng neben Dir, fühlte Deine Schulter, Deine Hüfte, Deinen Jubel darüber in der Stimme, die Du schwungvoll ins Gespräch warfst, und tiefe, glückselige Geborgenheit in mir, da Du der Berührung nicht auswichst.

Ich schlief ein mit dem innigen Ton Deiner Stimme in mir und erwachte mit dem Gebet wortloser Dankbarkeit.

Und *dann* standest Du vor der Tür und sahst mich nur an und Deine immer so kraftvoll ruhigen Arme zogen mich an Dich und Dein Mund fiel über mich her, verschwenderisch, verströmend, verheerend. Aus unsrem Lachen, Weinen und Stammeln fanden wir uns in ein ruhiges Gespräch, losgelöst von aller Spannung und Qual. Wir faßten uns an den Händen – ich küßte Deine Hand und Du die meine. „Die Berührung gibt soviel Glück", sagtest Du. „Man kann Leib und Seele eben doch nicht trennen", erwiderte ich. „Nein."

„Dennoch – entschuldige, wenn ich dir neulich nachts zu nahe kam – Inge –" „Ich weiß."

„Wir haben uns beide gesehnt."

„Ja."

„Ich bin froh, daß es nicht geschehen ist."

„Ich auch."

„Wir laden Schuld auf uns."

„Beide."

Bis ans Ende meines Lebens unauslöschlich Dein Antlitz, als Du gingst.

Ich legte meine rechte Hand an Deine linke Wange, Du neigtest Dich nieder, – heute noch, als wäre es eben erst gewesen, fühle ich Deine Lippen, das Öffnen des Mundes, Deine Arme um meinen Leib, Deine Schenkel, und sehe dann Dein *Gesicht* – als gehöre es nicht mehr Dir selbst, mit geschlossenen Augen, mit dem Ausdruck einer Hingabe solcher Intensität, daß mein ganzes Leben in diesem Augenblick noch aufjauchzt bei dem bloßen Gedenken.

Es war dies der vielleicht einzige Augenblick, da das Aneinander-Verschenken sich hemmungslos verströmte – sogleich gebändigt vom ehernen Schrittmaß der Zeit, die uns erbarmungslos in die Minute 9 Uhr 35 eines Donnerstags verwies.

„Schließ doch die Augen", hattest Du mehrmals beim Tanzen zu mir gesagt. „Fühl doch die Hingabe."

Und ich darauf: „Wir können niemals *beide* die Augen schließen, Gerhard, niemals. Was zum Teufel kümmerten uns diese ewig auf uns gerichteten Blicke? Worauf eigentlich nahmen wir Rücksicht? Wer oder was besitzt denn soviel Wert, daß solch ein Geschenk an Liebe ihm geopfert wurde?

Die einzige Möglichkeit wäre gewesen, gemeinsam die Augen zu schließen und dadurch eine Blickweite zu erlangen, die dem Einzelnen nicht gegeben ist. *Ich* wußte es nicht. Und *Du* hattest Angst.

Die Tage, die diesem erlösenden Ausbruch an Wort und Gebärde folgten, stürzten mich zum zweiten Mal in einen Abgrund maßloser Qual. Wieder, wie im vergangenen Frühling, verschwandest Du aus meinem Gesichtskreis, bliebst fort, ohne Botschaft, ohne ein Wort – stumm. Zum zweiten Mal folgte einem Höhepunkt an Glück, einer Hoch-Zeit des berauschten Erkennens, dem sicheren Gefühl erwiderter Liebe die verzweifelte Einsamkeit.

Doch zum ersten Mal maßregelte mein eigenes Ich meine Lippen, meine Hände, meine Sehnsucht in gnadenloser Art.

Hier warst Du gesessen, an diesem Platz, und Deine Augen waren voll Liebe und Dein Herz und Dein ganzer Körper – und Du sprachst aus, was ich dachte, und mein Mund fand Worte, die aus Deiner Seele kamen. Die verfrorenen Fenster schlossen den Raum von der Außenwelt ab und machten ihn zu einer Insel. – Hier warst Du gesessen, hier, noch um 9 Uhr 35 an diesem Platz – und um 12 Uhr 05 öffnete ich meinem Mann die Tür. Zum ersten Mal traf mich eine Selbsterkenntnis bitterster Art, traf mich die Frage: Wer bin ich nun? Wem gehöre ich zu? Kann ich *hier noch* lächeln, wenn ich mich dorthin sehne? Kann ich hier das Lächeln verwehren, weil ich mich dorthin sehne – kann ich mich dorthin sehnen, wenn ich hier den Willkomm biete? Sieht man mir die wilden fremden Küsse an? Muß man an mir, meinem Schritt, meiner Haltung, dem Ausdruck meiner Augen nicht die köstliche Leidenschaft entdecken, die mich durchschüttelt?

Bertl – mein Gott, Bertl, mein Gott, ich will dich nicht beschämen, vor andern nicht der Lächerlichkeit preisgeben, du sollst nicht leiden um meinetwillen.
Wenn nun die Fenster nicht zur Gänze gefroren waren?
Wenn man meine und Gerhards Gestalt erkannt hätte, eng umschlungen ...
Wenn irgendein gleichgültiger oder schadenfroher Mensch dies gesehen hätte, weitererzählte, ausschmückte ...

Finde die Kraft und habe den Mut,
zu sehen dein eigen Gesicht.
Finde es häßlich und arm und nicht gut
und schließe die Lider nicht.

Finde den Mut und habe die Kraft
dein eigen Antlitz zu sehn
und schmorend in eigener Schuld und Haft
vor Gottes Auge zu stehn.

Finde die Kraft und habe den Mut
und zeig dir dein eigen Gesicht
und zerre dich selbst vor Schmerz oder Wut
vor Gottes ewges Gericht.

Ich hatte Dich geküßt wie nie zuvor einen Mann, ich hatte Dich geküßt, wie ich vielleicht nie mehr einen Menschen küssen werde. Und in diesem Augenblick des vollkommenen Zueinandergehörens verschob sich entscheidend jeder Begriff von Recht und Unrecht, von Anstand, Ehre, Glaube und Gott. In diesem Augenblick, der uns erfaßt hatte wie eine Naturkatastrophe, geriet die Festigkeit der ganzen Weltordnung ins Schwanken, verlor ich den Boden unter den Füßen, stürzte mein ganzes Selbst in den geliebten Menschen, um kurz danach zu erkennen, daß dennoch eine Scheinbarkeit an Ordnung um mich bestehen blieb, um 12 Uhr 05 Bertl zum Essen erschien, die Kinder aus der Schule kamen und Du verschwunden bliebst und stumm.

Oh Maßlosigkeit an hilflosem Staunen, an schmerzlichem Zweifeln!

Oh ganze jämmerliche Not!

Nach vielen Tagen, die in wilder Kurve mein Empfinden vom Jauchzen zum Erschrecken, vom Glück zur Scham, von der Reinheit zur Schuld, von der Hingabe zur Verzweiflung gesteigert hatten, kamst Du wieder.

Dieses hastige Mal, in Bertls Namen die vergessene Mappe zu holen. „Kann ich telefonieren?", fragtest Du hart und sahst an mir vorbei und sprachst in die Muschel ein paar schnelle, sachliche Sätze. Dann verlangtest Du die Mappe und trommeltest mit Deinen Fingern auf dem Holz des weißen Tischchens im Vorzimmer. Im Zimmer, wo ich suchte nach dem vergessenen Gegenstand und die Tür hinter uns geschlossen war, starrtest Du abwesend auf das neue Bild über der Vitrine und drehtest mir den Rücken zu.

Die Mappe endlich unterm Arm wolltest Du mit schnellen Schritten an mir vorbei. – Doch ich hielt Dich an der Hand fest: „Gerhard."

„Ja", wieder der weiche warme Ton.

„Gerhard, wie geht's Dir denn?"

„Mir?" Mit einem Lachen, das wie zerbrochen klang, scharf und spitz wie Scherben: „Gut geht's mir." Und wieder dieses Lachen. Und flatternde wilde Augen. Und eine abgehackte Frage: „Und dir?" – Entsetzter verzweifelter Trotz ließ mich sagen: „Mir auch."

Aber da wurden Deine Augen groß und dunkel.

„Wirklich?"

Und ich sah nur in diese großen Augen und schwieg und fühlte jämmerlich, wie Tränen meinen Blick verschleierten, und fühlte den festen Druck Deiner Hand und hörte Deinen schnellen Schritt aus dem Haus und empfand, wie der herbe Geruch Deiner Nähe verblaßte und wie ich einsam wurde und ohne Halt …

Die Feiertagsstimmung des 8. Dezember, Utes Lachen, des Buben wilde Fröhlichkeit und Bertls Nähe rissen mich abwechselnd zwingend in die gewohnte Gemeinsamkeit und sonderten mich gleich darauf deutlich ab, verwiesen mich streng in meine eigenen Grenzen, denen jeder feste Umriß verloren gegangen war. Der Spaziergang im verschneiten Wald, durch die ruhigen Straßen, der Kontrast zwischen meiner Umgebung und dem Chaos in mir drinnen steigerte plötzlich meinen Wunsch, mich wieder fest und geborgen an einem Platz zu befinden.

Jeder Baum stand, wo er hingehörte, und der Schnee lag dort, wo er sollte, und die Kinder wurden müde, als es Zeit war, und Kalmann, den wir am Hauptplatz trafen, hatte seine Frau am Arm und um Punkt siebzehn Uhr läuteten die Kirchenglocken. Laßt mich irgendwo wieder Fuß fassen! Und warum nicht daheim? Laßt mich wieder ruhig werden und unbeschwert!

Am nächsten Tag schrieb ich den Brief. Den Brief, der Gerhard und mir die völlige Freiheit wiedergeben sollte, den Brief, der geschrieben werden mußte, um uns voneinander unabhängig zu machen, um uns ein Wiedersehen ohne jegliche Verpflichtung zu ermöglichen. Ich mußte ihn stolz und Herr seiner selbst wissen, ich mußte mich selbst wieder aufrichten können, an dem Bewußtsein, nicht zu betteln, nicht zu zerbrechen.

„Laß uns niemals klein voreinander werden", – wie oft habe ich es gebetet –

Diese Bitte hat sich erfüllt, wurde gewährt. Es hat während dreier Jahre nicht einen Augenblick gegeben, da wir die Achtung voreinander verloren hätten.

Und so viele heiße Gebete wurden in fast erschreckend hohem Maße erfüllt, daß die Ehrfurcht vor dem Wunder, die Demut vor der Allmacht in ein einziges Staunen mündete.

„Ich hatte mich damals nicht ganz in der Hand", schrieb ich – „und wir wollen froh sein, daß nichts geschehen ist und wir unsern so geliebten Partnern im Leben ohne Verlegenheit in die Augen sehen können –"

Und ich setzte die Worte hinten an:

Dennoch war es nur ein Begegnen,
ein Reichen der Hände –
im Anfang im Ende
ein Tasten, ein Suchen, ein Danken, ein Segnen.

Dennoch war es nichts als ein Träumen,
ein Glück in den Sternen –
im Nahen, im Fernen,
wie Rauschen des Windes in blühenden Bäumen.

Dennoch war es nichts als ein Sehnen
zur Flamme erkoren –
im Finden verloren,
verlöscht und zerronnen wie nächtige Tränen.

Zwei Tage vor Weihnachten sprang Ute an die Tür, als es läutete,
und führte Dich ins Zimmer. Die Kinder, Du und ich saßen eine
Viertelstunde lang um den Tisch mit dem Adventkranz, vergnügt
in der Erwartung des kommenden Festes, geborgen in der Wärme
von Ofen und Lampenschein. Erst als Du auf der Schwelle standest,
sagtest Du, und Deine Augen schimmerten in einem neuen Licht:
„Danke für den Brief." Obwohl wir uns bereits verabschiedet hatten
und uns nicht mehr die Hände reichten, band uns wieder dies große
augenblickliche Begreifen aneinander.

MOMENTE GIBT ES, jetzt, in den letzten Tagen dieses starken
Winters, da ich meine, alles, aber auch alles, mein ganzes Leben,
Dich, unsere Gemeinsamkeit mißverstanden zu haben, verirrt zu
sein, verstrickt in falsche, armselige Handlungen.
Aber immer und immer wieder, wenn ich versuche, ganz still zu sein,
nicht zu denken, nur zu fühlen – wie Du mich ein einziges Mal gebeten hast, steigt dieses unumstößliche Wissen in mir auf, daß, wie

ich Dir in jenem ersten Brief zu sagen versuchte, „nicht die kleinste Geste, nicht die geringste meiner Bewegungen hätte anders oder gar nicht gegeben werden können." Kein Wort, kein Ton hätte auch nur um ein Haar verändert in unser Leben gepaßt.

Ein neues Jahr zog herauf. Das Glück Deines vorweihnachtlichen Besuchs im Herzen, verlebte ich Tage voll harmonischen Friedens und eine Sylvesternacht unter lieben, sympathischen Menschen, die mir aber dennoch zeigte, wie gleichgültig mir jede Geselligkeit, jede heitere Fröhlichkeit geworden war, wenn Deine lebhafte Freude nicht teilnahm. Bertl flirtete eingehend mit Brigitte, die mit Walter Kaiser gekommen war, und Walter küßte mich ein einziges Mal zärtlich und behutsam, als kenne er alle Wunden in mir und wolle mir über diese Nachtstunden helfen.

Im folgenden Monat gab es für Gerhard und mich ein einziges Gespräch, im Gehen durch die dunkle Winternacht, als wir zum Kino wanderten, um einen Besuch von Bertl und mir, einen älteren Verwandten, zu zerstreuen. Damals sagtest Du mir das Datum Deiner Abreise, das Datum des Abschieds vor Deiner Hochzeit mit Inge.

Welch ungestüme, verwirrende, große und entscheidende Zeit für mein Leben leitete dieses Gespräch ein!

Inge hatte also gesiegt. Klein, geradlinig, unweigerlich wie in einem Groschenroman. Der Lockenkopf hatte gewonnen. Wieso eigentlich gewonnen? War es denn nicht selbstverständlich, daß Jugend sich an Jugend band, Hochzeit halten wollte und Kinder zeugen? War es denn nicht ganz natürlich und gut so? War es denn nicht das einzig Mögliche, was geschehen konnte, um verworrene Beziehungen, gequälte Gefühle zu lösen?

Ich versuchte die Tatsachen so zu nehmen, wie sie waren, und die gedruckte Anzeige der Trauung mit kühlen sachlichen Augen zu betrachten. „Die Eltern der Braut, die Eltern des Bräutigams beehren sich bekanntzugeben ..." So so.

Eine Woche vor der Hochzeit feierte Gerhard seinen Polterabend mit den Herren der Firma, um dann einen Urlaub von fünf Wochen anzutreten.

Während drüben in der Fabrik die Gläser aneinanderklangen und in vorgerückter Stunde an den Wänden zu Scherben zersprangen, saß ich im Schlafrock unter der Stehlampe und hatte das Album auf den Knien, in dem mitten unter den Familienfotos die wenigen Bilder von Gerhard ihren Platz haben. Erinnerung an gemeinsam verbrachte Tage oder Ereignisse in der Firma.

Geliebtes Gesicht, geliebte Augen, ersehnter Mund ...

Und dann holte ich die Worte hervor, die ich, vom Erleben überwältigt, vor zwei Jahren aufgeschrieben hatte.

Glockenklang
im Narrengeläut
jenseits der Zeit
das Pendel schwang

Insel im Treiben
des Karneval
und mitten im Saal
ein atmendes Bleiben

Staunendes Schauen –
ein Treffen der Sterne
in weltweiter Ferne –
Begegnung im Blauen.

Das war der Anfang gewesen.

Und nun?

Himmel und Hölle haben eine gemeinsame Grenze, auf der man tanzen kann wie auf Messers Schneide. Zur Linken die ewige Qual der Verdammnis, zur Rechten die ewige Seligkeit. Und im taumelnden Schritt des Tanzes einmal hierhin, einmal dorthin gerissen, wird diese Grenze zur unendlich peinvollen Lust. Aber niemals bist du allein auf diesem Pfade und die größten Schrecken und hehrsten Wunder schaust du niemals allein. Denn nur die Liebe trägt dich diesen Pfad entlang.

„Oh Gott", sprach ich laut vor mich hin, „es war groß und wunderbar. Es war überwältigend." Und dann räumte ich das Album fort und die Blätter mit den Worten. „Es war." Nun ist es Vergangenheit. Drüben klingen die Gläser aneinander und morgen gehst Du fort, um zu heiraten. „Es war einmal – amen", sprach ich noch einmal laut vor mich hin und löschte das Licht, um im Dunkel mit dem Unbegreiflichen allein zu sein. Die Türglocke riß mich aus dem Schlaf. Bertl schwankte in leichter Trunkenheit lachend ins Vorzimmer und hinter ihm – ich glaubte noch zu träumen – standest Du. Ihr beide redetet und lachtet ununterbrochen, aber als Bertl singend in die Küche marschierte, um Getränk und Brote zu holen, und wir uns im Zimmer allein gegenüberstanden, war Deine leichte Berauschtheit wie weggewischt. Deine Augen tranken hungrig aus den meinen, Dein Mund nahm meinen gläubig und vertraut, und Deine rechte Hand glitt dieses einzige Mal in ungebändigter Sehnsucht meinen Rücken abwärts, um mich stark und gut an Dich zu pressen.

Aber wieder erwachtest Du erschrocken aus diesem seligen Zauber, als Bertls Schritt näher kam, und ich sehe Dich heute noch im Sessel am Kamin – die Hände vors Gesicht geschlagen – und höre diesen leise stöhnenden Laut.

Bertl schenkte die Gläser voll, wir tranken Wein und dann Sodawasser, und dann fielen Bertl die Augen zu und wir lachten und mühten uns alle drei, ihn ins Bett zu bekommen, und Gerhard zog ihm Schuhe und Strümpfe aus und ich breitete die Decken über ihn und dann räumte ich die Gläser fort. Gerhard begann sich anzukleiden und ich folgte ihm in den Vorraum, um ihn hinauszulassen. – Da standen wir uns wieder gegenüber in plötzlich bewußtem Alleinsein und Mund wühlte sich in Mund und Hand fand sich zu Hand und wir liefen, fast stürzten wir atemlos die Treppen empor und warfen uns auf den Diwan im kleinen Zimmer, einander suchend, verwehrend, hingebend, verzweifelt, selig, voll Angst, voll Schuld, voll Glück …

Nebenan schliefen die Kinder –

unten schlief Bertl –

uns beiden bewußt.

Alles Fragen in dieser Fraglosigkeit und unser Finden, Sichwehren, Verlieren und Aneinanderkrallen – alles Hoffen in dieser Hoffnungslosigkeit, der Jubel der Hände, die Verzweiflung der Lippen, das ganze gejagte, gequälte Berühren –

Ausweg in dieser Ausweglosigkeit.

Als der Morgen dämmerte, saß ich mit gefalteten Händen an Deinem Lager und betete über Deinem schlafenden Gesicht und richtete dann ein einziges Mal in meinem Leben Deine Kleider zurecht und öffnete das Fenster.

Und dann stand ich unter der kalten Brause, in dem Versuch, unter ihren Eisstrahlen Gefühl und Bewußtsein an den rechten Platz bringen zu können, und zog mir frische Wäsche über den Leib und holte tief Luft und stieg die Treppen hinab zu Bertl, der um nichts fremder oder entfernter oder gleichgültiger in seinen Kissen lag.

Am Vormittag – die Kinder waren längst zur Schule – saßen wir zu dritt beim Kaffee in einer seltsam leichten Fröhlichkeit. Bertl legte sich nach dem Frühstück wieder zu Bett. Vertrauend?

Großzügig?

Oder nur müde?

Und wir beide blieben in der von Sonne durchleuchteten Küche, öffneten das Fenster weit, lehnten uns nebeneinander hinaus in die kühle, reine Morgenluft und hielten uns still und einfach an den Händen. Wir liebten die Luft, den leisen Windhauch, wir liebten die Sonnenstrahlen auf dem winterbraunen Gras und die grauen Hügel in der Ferne. Du küßtest mich ganz zart auf die Wange und unsere beiden Hände liebkosten einander scheu.

„Ich bin so glücklich, daß Du lebst", sprach mein Mund.

„Dankbar bin ich", sagtest Du leise, „daß es einen Menschen für mich gibt, der immer für mich da sein wird. Ich sage jetzt absichtlich nicht eine Frau – einen Menschen –" Eine große gemeinsame Dankbarkeit schwebte als gemeinsames Gebet über uns, als wir an diesem klaren Morgen in den Himmel sahen.

Dennoch brachten wir es fertig, das Programm Deiner Hochzeitsreise durchzusprechen. Dennoch brachten wir es fertig, Inge und Bertl als gegebene Tatsache hinzunehmen. Und dennoch sagte ich: „Ich glaube, wir können das Berühren nicht umgehen." Und Deine Antwort war leise und fest: „Es ist unser Schicksal."

Als Gustl vor der Tür stand, um Dich abzuholen und in die Großstadt mitzunehmen, drehte ich mich an der Schwelle noch einmal um, bevor ich öffnete, und sagte Deinen Namen in Deine Augen hinein.

Du warst fortgefahren, um zu heiraten. Ich will mir nichts vormachen, dachte ich immer und immer wieder. Ich will mir nichts vormachen – es ist zu Ende. Trotzdem fühlte ich tief in mir die Endlosigkeit dieser Zusammengehörigkeit mit der Sicherheit, die nicht trügt. – Mit dem Verstand rückte ich dieser Sicherheit zu Leibe, versuchte sie zu zerpflücken, zu zerteilen und zu zerstreuen. Wie hattest Du gesagt? „Inge und ich, wir sind wirklich ein glücklich liebend Paar." Na also! Was wollte ich mit meinem blöden „untrüglichen Gefühl"? Wie waren Deine Worte noch in den letzten Stunden? „Viola, ich will gar nicht, daß du mich leidenschaftlich liebst." Na eben. Weg also mit allem Sehnen nach Mund und Händen! – Wer war jetzt um Dich, wer durfte Dich berühren, wohin ging jetzt Dein Wünschen und Wollen, wem galt jetzt Dein Lachen? Inge war am Ziel. Ein junges Paar ging dem gemeinsamen Leben entgegen. Schwiegermütter und -väter hasteten wohl um euch herum, verstrickt in die Vorbereitungen des Festes. – Ein junger Mann, der seine Familie gründet. Eine Braut, die meine Tochter sein könnte. Zwei Leben am Beginn. Was hat mein Herz dabei zu suchen?

Erstaunlich leicht, erstaunlich beherrscht lebte ich diese Tage. Nur die Vorbereitungen für den Ball der Firma, die ich zu treffen hatte, erfüllten mich mit Bitterkeit, ohne daß ich hätte sagen können, weshalb. Vielleicht, weil der Ball am Tage Deiner Hochzeit stattfinden sollte.

DIE ERDE IST wieder weich geworden unter der warmen Luft aus dem Süden und bietet sich dem Fuß als federnd weicher Teppich dar. Die frostblinden Fenster haben zuerst kleine Gucklöcher geschwitzt und dann, überwältigt von Wärme und Licht, alle weiße Kälte fortgeweint in kleinen kalten Lachen. Die Welt beginnt wieder bunt zu werden. Erst kam das tiefe Blau des Himmels über das Land, daß es leuchtete und funkelte und sich darbot dieser neuen Farbe. Wasserpfützen begannen sich auf dem Eis zu bilden und spiegelten das Blau wieder und das Braun der kahlen Bäume und das Glänzen der Luft. Am Grunde der kleinen Teiche und Seen wurde das Gras sichtbar, dunkel, grün, fast blau, fast schwarz, mit dem Blau des glitzernden Wasserspiegels darüber. Und dann wurde das Braun immer mehr unter dem Blau und das Weiß blieb nur da und dort als heller strahlender Fleck und die Äste der Büsche begannen zu schwellen und nun wiegen sich die ersten Weidenkätzchen in der Sonne. – Und die Laute kommen wieder. Vermehrt und fröhlicher krächzen die schwarzrockigen Raben, eine Meise sitzt ungeniert im Gras hinter dem Haus und die dämmergrauen Morgen sind erfüllt von jubelnden Tönen. Und Gerüche gibt es wieder. Das Land beginnt sich zu verströmen, die volle schwere Erde strahlt herben, frischen Duft aus, die Tage beginnen wieder zu „riechen" nach Morgenfrische, Mittagsschwere und Abendruhe. Die Kirchenglocken klingen nicht mehr spröde in das Licht, ihre Töne schwingen klar und groß und wunderbar.
Mein Schritt geht dankbar über weiche Erde und durch glucksendes Rinnsal, mein Atem zieht glücklich duftenden Hauch in die Lungen, meine Augen schauen verwundert durch klare Fenster in braungrüne Gärten, über scheckige Felder.
Frühling?
Leben?
Freude?

Ohne Angst sein, ohne Qual sein, ohne Gedanken sein, hoffen
– warten – offen sein – ist das möglich?

Viel mehr bedeutete es, Dich zu lieben, als ich ahnen konnte. Viel
mehr veränderte Deine Liebe an mir, als ich wußte. Nicht zum Kin-
de führte unsere Vereinigung, wie ich in vermessen übersteigerter
Hoffnung glaubte. – Dennoch erstand Neues, ganz Reines, Junges.
Dein Körper, Deine Seele, Dein Geist drangen so tief, so leuchtend
einmalig in mich ein und es ist, als pulsiere Dein ganzes Wesen durch
mich hindurch bis in Finger-, Fuß- und Haarspitzen hinein.
Ich bin furchtlos geworden, gläubiger, lebendiger.

Der Tag Deiner Hochzeit. – Der Ball in Kleinstetten.
Ein Faschingsscherz des Schicksals. Im Ballsaal hatten wir einander
erkannt. Im Ballsaal mußte die ganze Größe der Einsamkeit über
mich hereinbrechen.
Mein Kleid war weiß mit goldenen Sternen und Rosen. Mein ganzes
Ich sprühte lebendige Schönheit, heitere Lust. Ich wußte es. Eine
Braut am Rande.
Ich hatte tausend Verpflichtungen an diesem Tag.
Dem Himmel sei Dank.
Ich lebte in schmerzlicher Bewußtheit.
Trotzig.
Wild.
Um 11 Uhr 30 begleitete die Orgel Deinen Weg zum Altar.
Nie spürte ich Deine Seele inniger in mir als in diesen Minuten.
Ich stand am Fenster, das Haar schon für den Abend aufgesteckt,
und spürte Deine Frage. „Es geht, Gerhard", flüsterte ich und lä-
chelte durch das Glas. „Ja, Gerhard, Du hast Kraft – es geht."
Inge und Gerhard Wildener.
Gerhard.
Gäste kamen in unser Haus, Mahlzeiten mußten gerichtet werden,
Räume geheizt.

Wie kann man Verzweiflung hinausschreien, ohne die anderen zu erschrecken? Wie gellend um Hilfe rufen und keinen entsetzen? Wie unter tausend Qualen zerbrechen und nichts mitreißen, nichts zerstören?

Es gibt nur die Flucht ins Lachen. Es gibt nur das Verströmen nach außen, wenn man innerlich nicht zerbersten will.

Bertl, Gustl, die Gäste, die Kinder, was konnten *sie* denn für das, was mir geschah! Ich trug weiter die Verantwortung für ihrer aller Wohl. Auch *ich* hatte vor einem Jahrzehnt einen Vertrag geschlossen, ein Wort gegeben. Man hat nicht willkürlich zu zertrümmern, in Unordnung zu bringen, zu verstören. – Man hat einen Verstand, einen Willen, daß man ihn gebraucht. – Kommt, Menschen, daß ich euch mit Freude überschütte, damit ihr den Schmerz nicht seht! Kommt, nehmt mich in den Arm, ich will euch liebkosen, damit ihr den Schrei nicht hört, – ich will euch Schönheit, Lebenslust und Glück schenken, weil ich sonst aus den Fugen gerate und weinen müßte, weinen – Mein jagendes Feuer schien jeden mitzureißen, der mir nahekam. Umworben wie nie zuvor in meinem Leben ließ ich nicht einen einzigen Tanz aus, bis ich zum Umfallen müde war, schmeichelnd und kosend zauberte ich glücklichen Schimmer in braune und blaue Augen, wie es mir in Tagen klarer Freude nie gelungen war. Lockend und lachend ließ ich mich küssen und meine Tränen sickerten vom Herzen wie schwere Tropfen in mein Blut. Um Mitternacht erschien Walter Kaiser, der bei Deiner Hochzeit gewesen war, und mit leichter Stimme hörte ich mich fragen nach Dir und Deiner Frau. Gustl faßte mich um die Mitte und wir tanzten einen rasenden Schlußgalopp und zu Hause warteten zehn Gäste in der Küche auf Gulasch und Bier. Bertl war betrunken und wurde ins Bett gestopft, die Gäste fuhren heim, das Geschirr wurde weggestellt, und dann war nichts mehr da.

Es war der erste Tag Deiner Ehe mit Inge, und ich in meinem weißen Kleid, das aussah wie das einer Braut, lag auf dem Boden im Zimmer und weinte endlich.

Die Tage gingen dahin und ich trug Dein lebendiges Bild in mir und das Wissen um die Vereinigung mit einer andern Frau und malte mir in selbstquälerischer Wut die Stunden aus, die Du nun lebtest, – versuchte mich in Inges Lage zu versetzen, lebte die ersten Wochen einer neuen Ehe in allen Phasen durch und sagte mir immer und immer wieder vor, Du könntest niemals mehr als derselbe wiederkommen, zu sehr müsse Dich das stetige Beisammensein mit Inge beeinflussen und ändern. Und wußte doch im tiefdunklen rätselhaften Urgrund des Blutes um die Schicksalhaftigkeit dessen, was uns bindet. Wußte auch ohne Gedanken und Wort, daß ich Dir angehören müsse, allen Unterschriften und Verträgen zum Trotz, ob ein Leben daraus entstehen sollte oder nicht. Fühlte dieses ganze Ausgeliefertsein an Mächte, die wir nicht begreifen, erstarb in Demut und bäumte mich dann wieder mit aller Willenskraft auf. Du würdest mich vergessen haben über all dem Neuen, das nun an Dich herantrat – oder besser: nicht vergessen, aber zurücklassen, hinter Dir, in dem Leben, das vor der Ehe lag. Du würdest fremd und kalt sein, wenn Du wiederkehrtest, und das würde ganz richtig sein. Da begann mich die Angst zu fassen. Wie würde ich bestehen vor Deinem Antlitz, vor Deinen Augen, wenn sie kühl und gleichgültig sein sollten? Und *durfte* ich sie mir anders wünschen? Heiß und hungrig? Und ein neuer Gedanke kam. Durfte ich sie *Dir* so wünschen? Heiß und hungrig? Wenn ich Dich liebte, durfte ich Dir diese Qualen wünschen?

Ich wollte Dich so sehr lieben, daß ich fähig wäre, Dich freizugeben und frei zu wünschen. So groß muß eine Liebe reifen können, daß sie imstande ist, auf jede eigene Lustbefriedigung verzichten zu können, um des geliebten Wesens willen. Das ist jenes Über-sich-selbst-Hinauswachsen, dessen nur die allergrößte seelische Hingabe fähig ist. – Herr, gib ihn frei – betete ich – ich werde es ertragen.

Aber die Sehnsucht bäumte sich in meinem Körper und das Gefühl einsamster Verlorenheit blieb über mir.

Der Alltag blieb gleichmäßig und ordentlich, meine Arbeit für die mich umgebenden Menschen füllte mich aus, die Abende und

Sonntage waren gesellig und heiter. Aber das Gefühl einsamster Verlorenheit war dennoch da und die Sehnsucht nicht aus der Welt zu schaffen.

Gustl, den neue Aufgaben länger in Kleinstetten festhielten, verbrachte viel Zeit bei uns und brachte seine warme überströmende Liebe zu mir als warme, leuchtende Glut in diese Stunden. Meine Dankbarkeit für so viel Wärme in meinem Verlorensein war grenzenlos und ich weiß auch heute nicht, ob es größer gewesen wäre oder anmaßend, besser oder gemein, diese schützende, gebende Hilfe zurückzustoßen oder sie vertrauend und offen gleichsam zu trinken, um Kraft zu bekommen, wie ich es tat. Nie hatte ich ihm gesagt, daß ich ihn liebe, aber sein offenes Bekennen trug mich über die Ausweglosigkeit und Uferlosigkeit dieser Wochen hinweg.

Bis er eines ganz frühen Morgens vor der Tür stand, als Bertl und die Kinder eben das Haus verließen. Verstört, voll von Wein, mit schmutzigen Kleidern und wirrem Haar. Nachdem er uns am Abend verlassen hatte, war er in der Stadt herumgebummelt und hatte in den Morgenstunden einen Unfall mit dem Auto gehabt, das nun etwas verbeult und schief vor unserm Haus stand.

Bertl selbst schob ihn über die Schwelle. „Viola wird dir Kaffee machen", stieg in den Wagen und fuhr weg. Wieder mußte ich mich fragen:

Vertrauend?

Großzügig?

Oder nur gleichgültig?

Er wußte doch um Gustls Gefühle. Und er ist doch selbst ein Mann. Lieferte er uns absichtlich diesen Stunden aus oder nur aus unvorstellbarem Gleichmut?

Gustl wollte keinen Kaffee.

Gustl wollte mich.

Und er war zu verzweifelt und er war zu zerbrochen und zu desolat in seinem Äußeren, um ihn auf die Straße zurückzuschicken.

Ich war zu dankbar für jedes liebende Wort und zu verhungert und ihm in Freundschaft durch Jahre zu sehr verbunden, um grausam zu sein. Ich nahm seine flehenden Hände und hielt sie ruhig. Ich nahm seinen heißen und wirren Kopf und bettete ihn und strich ihm das Haar aus der Stirn. Ich hörte seine bittende Stimme und gab ihm leise und kurze Worte und ließ ihn schlafen.

Stunden später empfing ich seinen Kuß. Und nie noch hatte ich eine derartige Beseeligung empfunden. Eine Beglückung ohnegleichen, eine Innigkeit ohne Maß. Einen Augenblick lang durchzuckte mich der Gedanke, ob hier vielleicht der Platz sei, mich hinzugeben, aber es blieb der Gedanke eines Augenblicks und nur ein Gedanke. Wir saßen, wir lagen nebeneinander in raumloser Zeitverlorenheit und unter seinen Händen, die ich nie geliebt hatte, erlebte ich ein Erwachen und ein Erblühen meines Leibes, das ich nie für möglich gehalten hätte.

Es hätte können ein Lavastrom glühender Lust gleich einem Feuerball über uns zusammenschlagen. Aber in *dem* Augenblick, als seine rechte Hand entscheidend und hart und besitzergreifend zu mir fand, schrie ich entsetzt auf, seinen vollen Namen, und vergaß das längst vertraute Du.

Um Gottes willen – Gerhard – wer war ich nur?

War das mein Körper?

Gustl sah mein Erschrecken, tröstete liebevoll, trocknete meine Tränen und *ich* kannte mich mit nichts mehr aus.

Wer war Bertl?

Und was ich für ihn?

Und was bedeutete mir Gerhard?

Und Gustl?

Und ich?

Er ging und ich stand wieder unter der Brause. Aber diesmal half es nichts. Mein aufgebrachter Körper tobte und ein neues Gefühl von Schuld erfaßte mich. Zu meinem eigenen Erstaunen nicht Bertl gegenüber, nicht Gerhard gegenüber, sondern gegen Gustl.

Ach, ich hoffte so sehr, daß ich ihm etwas geben konnte und nicht etwas genommen habe. Ich bat Gott, daß seine Sehnsucht ihn nicht zu Boden warf, sondern ihn aufrichtete, ihn nicht klein werden ließ, sondern ihn adelte.

Wenige Tage danach mußte Bertl eine Vertretung für fünf Wochen im zweiten Werk übernehmen. Gute drei Autostunden von Kleinstetten entfernt. Und das bedeutete ein Heimkommen nur zum Wochenende. Das bedeutete fünf Wochen ohne straffe Tageseinteilung, fünf Wochen, in denen nach dem Zu-Bett-Gehen der Kinder die Stille durch die Räume singen würde, fünf Wochen, in denen jeder Tag von der eigenen Einteilung abhing, fünf Wochen, in denen Gerhard in meiner Nähe leben würde, fünf Wochen, in denen ich allein sein würde.

DIE BLASSBLAUEN vielversprechenden Tage des ersten Frühlings mit ihrem ganz neuen, beglückenden Goldton in jeder Stunde sind wie weggewischt, als ob sie nie gewesen wären. Ein Traum – eine Ahnung – eine Sehnsucht. Schwerer Nebel liegt wieder über Haus und Garten, stumpf und wäßrig bieten sich Farben und Konturen dar und wieder ertrinkt alles Licht in diesem Meer von farbloser Unendlichkeit. Wieder ersticken alle Laute wie unter einer Decke. Das Atemholen wird zur Last, die Füße, in schweren Schuhen, kämpfen sich zäh ihre Schritte durch Lehm und Morast.
Bleigrau ist die Welt, bleischwer sind die Glieder, bleiern die Gedanken.
Glauben – woran?
Hoffen – worauf?
Lieben – warum?
Wieder der Wunsch nach einer Höhle, einem dunklen Winkel, nach Alleinsein, nach dem Warten.

Auch damals wollte ich allein sein. Auch damals wollte ich warten. *Damals* war ich froh, endlich eine Zeitlang auf mich selbst gestellt zu sein. Endlich Stunden zu haben, um mir selbst gegenübertreten zu können, um mich selbst zu betrachten, um mich selbst zu suchen und meinen Weg zu erkennen.

Bertl packte seinen Koffer, stieg ins Auto und fuhr ab.

Ich nahm Ute an der Hand und lief frei und gelöst mit ihr über die Felder und durch die Weingärten, obwohl es kalt war und der letzte Schnee noch in den Ackerfurchen lag. Am Abend nahm ich mein Bettzeug, marschierte damit ins kleine Zimmer, heizte den winzigen Ofen und war entschlossen, mich von meinem Alltag und meinem Ich zu distanzieren. Ganz fest glaubte ich mich in der Hand zu haben, ganz ernsthaft unternahm ich den Versuch, mich zu beobachten, zu untersuchen, zu sezieren.

Nichts wußte ich von den abenteuerlichen, heißen Kämpfen, die Verstand und Gefühl gegeneinander auszufechten haben, nichts von der Wehrlosigkeit des Leibes und der Seele gegenüber der Natur, nichts von den strengen Gesetzen, die außerhalb jeder anerzogenen Moral liegen, die stärker und unerbittlicher sind als alle von Menschen erdachten Regeln und Maßnahmen.

Ich war arglos und ahnungslos.

Ein Kind im Dunkeln.

Allein mit mir und bemüht, trotz meines Unvermögens und der Dunkelheit Ordnung zu schaffen.

Ehrlich und aufrichtig, nach bestem Wissen und Gewissen.

Welch armseliges Bemühen! Schon am zweiten Tag litt es mich in der engen Kammer nicht und ich zog wieder hinunter in das große Zimmer, in mein gewohntes Bett mit dem leeren Lager daneben. Das vorgenommene Säubern des Hauses wurde abgestoppt durch Schneefälle, eisige Stürme und eine ewige Dämmerung, die dem November alle Ehre gemacht hätte. Und es war März!

Alles Nachdenken über mein Leben und die Stellung zwischen den Menschen und mein Verhältnis zu ihnen führte zu keinem Ende und machte mich nur müde.

Mittwoch lud ich mir zwei Damen aus der Nachbarschaft ein, mit ihren Kindern, um bei Kaffee und Kuchen die Gedanken anderer Frauen in mich aufnehmen zu können und um Kraft zu schöpfen aus der Einfachheit der Gespräche mit den kleinen Buben, deren Leben noch in klaren, sicheren Bahnen lief.

„Warum hat der Kasperl den großen Stock in der Hand?", hieß es da. Und die Antworten waren unumstößlich und voller Gewißheit. „Weil das Krokodil ihn beißen will." Und da wurde einfach gesagt: „Ich habe Hunger" oder „Ich mag nicht mehr", und der Stärkere nahm ohne Umstände dem anderen aus den Händen, was er für nötig hielt. Alles ohne Zögern, Zweifel oder Verzweiflung. Ohne zu bedenken, daß für kleine Buben kleine Kümmernisse eben die ihnen angemessene Größe haben, erholte ich mich in der scheinbaren Selbstverständlichkeit und Reinheit ihrer Welt.

Die Frauen rollten Probleme auf über Mehlqualitäten in Kochrezepten oder die Maschenanzahl auf Stricknadeln oder über die Schlafenszeit ihrer Kinder.

Welche Welt!

Und wie verstört und wirr die meine dagegen. Wie ein Windbruch im Hochwald.

Am Abend half mir Ute beim Wegräumen der Spielsachen, Gert machte sich über die Kraftproben der Kleinen lustig und spottete fröhlich das Geschnatter der Damen. Dann stiegen die beiden ins Bett und die Stille war wieder da und das Fragen und das Denken.

Bertl – flüsterte ich – du bist das Schicksal.

Und – Gustl – Begierde, heiß und vielversprechend, aber ...

Gerhard – und da war wieder diese Welle des Glücks – und das gleichzeitige Wissen um Hochzeit und Inge, Gerhard, – sagte ich laut – ein Traum.

Ich war seltsam wach und fast fröhlich und schob dies dem Einfluß von Kaffee und munterem Gespräch zu, gab meinem Wunsche, aufzubleiben und zu lesen, nicht nach (nichts da, morgen ist eine Menge Arbeit zu bewältigen) und ging früh zu Bett.

Der folgende Tag war der erste, an dem Gerhard nach seinem Heiratsurlaub wieder im Werk arbeiten sollte.

Ich lebte ihn wie die Tage zuvor und trug meinen Traum fest in mir. Mein kleiner Sohn lag fiebernd im Bett und ich saß lange bei ihm und dann, durch unser Gespräch, lebte Gerhards Bild jäh in mir auf – Gert hatte von unserem gemeinsamen Schiurlaub geplappert – und ich fühlte einen Augenblick die unlösbare Verbundenheit.

Mitten in der Nacht schrillte die Türglocke. Ich fuhr aus dem Schlaf, warf eine Jacke über und eilte ins Vorzimmer. Ich wußte nicht, daß das meine letzten unbeschwerten Schritte waren und das letzte Erwachen ohne Verzweiflung. Ich wußte nicht, daß diese zehn Schritte über Teppich, Holz und Linoleum mich zu der Stelle führten, die zum Wendepunkt meines Lebens werden sollte, ich ahnte nicht, daß am Ende der zehn Schritte die Welt ihr Gesicht verlieren würde, daß sie mir ihre Kehrseite gewaltsam, grausam und unerbittlich dartun würde. Ich stolperte die zehn Schritte über Teppich, Holz und Linoleum, schlaftrunken, etwas erstaunt, etwas furchtsam, und öffnete die Tür.

Da standest Du im Dunkel der Nacht. Allein.

„Bist du böse?", fragtest Du.

Ich sah Dich an und sagte: „Nein."

Mir war kalt.

Wir saßen am Kamin.

Ich dachte daran, daß eine Frau und ein Zuhause Dich banden. Deine Blicke wanderten mein rechtes Bein entlang auf meinen Fuß, von dem der Hausschuh heruntergeglitten war. Ich fragte nach Deiner Trauung. Du erzähltest von Kirche und Essen und Hochzeitsreise.

„Nun sind wir glücklich alle verheiratet", sagte ich und mir war irgendwie endgültig und bitter zumute. – Du redetest vom Schifahren und erzähltest von Inges Versuchen im Schnee, von Inges Lachen. Ich wollte aufstehen, um Kaffee zu kochen. Deine rechte Hand griff fest nach meiner linken und zog mich nieder zu Dir. Ich kniete vor Dir und sah auf in Dein Gesicht.

„Was soll ich tun, Viola?", stammelte Dein Mund. „Ich habe meine Frau sehr gern – aber dich liebe ich – Viola, was soll ich tun?" Ich kniete vor Dir und sah auf in Dein Gesicht und wehrte Deine Hände ab.

„Zu lange haben wir unsere Liebe unterdrückt und verborgen", sagtest Du. Und ich kniete vor Dir und sah auf in Dein Gesicht mit einer plötzlichen und entsetzlichen Nüchternheit, in einem einzigen Augenblick wie unter dem Strahl eines Blitzes von dem grellen Licht der Erkenntnis geblendet. Dieser einzige Augenblick zeigte mir Deine Züge maßlos fremd, dieser einzige Augenblick gab mir eine Art Heimweh nach Bertls vertrauter Berührung, dieser Augenblick zeigte mir klar und deutlich nur die beiden Ehebrecher. Du rissest mir Jacke und Pyjama vom Leib und mir war kalt. Du warfst mich über mein Bett – und ich zitterte.

Ich lag über meinem Bett und Du warst bei mir, aber die Welt versank nicht um mich. Heim – Ehebett – schlafende Kinder im Haus ...

Verheirateter Mann, Ehemann verreist und der gewohnte Raum um mich – Nacht, Schlaftrunkenheit und ein fremder Leib.

„Denk doch an nichts", sagte Deine Stimme dunkel und zärtlich, „eine liebende Frau – ein liebender Mann – denk doch nicht."

Tief und erbärmlich genau verzeichnetest Du dieses Gefühl verstörter Fremdheit an mir und wußtest nicht, wieviel Umgebung und Stunde einer gelösten Hingabe zu- oder abträglich sind.

Jäh und klar sah ich die Situation wie die Szene eines Films vor mir und alle jahrzehntelang mir anerzogenen Gesetze bäumten sich gegen die Einfachheit der Natur. Und als ich sagte: „Ich werde aufspringen und weglaufen", wußte ich nicht, daß es eine Flucht vor sich selbst nicht gibt und daß eine Entfernung räumlich leicht und plötzlich durchführbar, keineswegs eine Bedeutung vor göttlichem Gesetz hat, höchstens vor den armseligen Maßen der Menschen.

Wir waren nicht fähig, eines zu werden, und griffen aneinander vorbei ins Leere.

Als ich mitten im Zimmer stand, nachher, und auf Dich sah, hatte ich das Gefühl des Zu-Tode-Verwundetseins. Als ob ich eine Waffe gegen mich gerichtet hätte und mich selbst tödlich getroffen hätte. Auch *das* hast Du ganz genau aus meinen Augen gelesen. Du sagtest es mir Tage später. Selbst in dieser Stunde schmerzlicher verirrter Qual war unser Wissen umeinander, unser Fühlen füreinander da, als ob wir eines wären, obwohl wir gerade das glaubten nicht erreichen zu können.

Nie waren wir uns so nah – und doch im Auseinandergehen. Nie spürte ich Dich so zum Greifen, mit meinen Händen zum Greifen, und sah gleichzeitig Deine Augen mir entgleiten. Etwas Großes, Trennendes begann sich vor unseren staunenden Seelen zwischen uns zu schieben. Und wir standen und reckten sehnsüchtig die Arme nacheinander und konnten dennoch nur mit Fingerspitzen uns berühren.

Oh Gott – was war uns geschehen? Gibt es das Wort „zu spät" in der Liebe, eine Sehnsucht, die einfach entzweireißt wie die überspannte Feder einer Uhr?

Kann das tiefe Glück zum lodernden Feuer werden, das alles verbrennt, statt es zu erwärmen und zu erleuchten?

Wir begriffen beide nichts.

Wir hatten anderes erwartet. Beide. Wir hatten einen Traum genährt. Jeder einen anderen. Wir hatten über unser Leben bestimmen wollen. Beide.

Wir hatten beide Gott vergessen.

Und die Demut.

Und die Hingabe.

Wir wollten etwas. Ein Ja, ein Nein, jeder etwas für sich selbst. Und rannten uns die Schädel dabei ein.

Wir versuchten, alles zu vergessen, und alle Einzelheiten wurden uns umso deutlicher. Wir wollten besitzen, wir wollten verzichten. Wir wollten keine Macht anerkennen. Und staunten über unsere Trauer.

Über die Verlorenheit.

Die Leere.

„Und jetzt achte ich dich umso mehr", sagtest Du langsam und ruhig und so, als könntest Du das selbst kaum fassen.

Dann sah ich Dich zur Tür gehen und da spürte ich das Zusammenbrechen aller Konventionen, das Zerfallen einer durch achtunddreißig Jahre hindurch zurechtgezimmerten Welt, das Zerspringen einer anerzogenen Haltung und ich mußte mich an die Wand lehnen, um wenigstens Mauer, Kalk und Farbe zu greifen, und wußte nicht, daß das seltsam nüchterne klare Sehen, die Leere und alles Zusammenstürzen von Träumen und Illusionen ein zutiefst gemeinsames Erleben von uns beiden war.

Du warst fort, die Kinder für die Schule fertiggemacht, und dann begann mit einer plötzlich einsetzenden Heftigkeit diese ganze fürchterliche Raserei gegen mich selbst, gegen Gott, gegen das Schicksal, gegen die Natur.

„Hast du gestern abends das Läuten nicht gehört?", hattest Du gefragt.

Oh Himmel, warum bloß war ich zu Bett gegangen, obwohl ich doch so unerklärlich wach war an jenem Abend? Warum bloß hatte ich so abgrundtief geschlafen? Warum hatte ich mich so ermüdet am nächsten Tag? Warum war ich so schlaftrunken, als Du kamst? Warum hatte ich nicht auf die Zeit geachtet?

Hatte ich nicht darum gebetet, Dich freigeben zu können? Um Deinetwillen? – Du warst fort. Die Kinder in der Schule. Alles schien geklärt und einfach. Aber die Liebe schrie auf. Sie war mißhandelt worden. Nicht geachtet.

Und ich erkannte, daß man sich wohl räumlich voneinander entfernen kann, aber durch überhaupt kein Mittel die Stimme der Sehnsucht zum Schweigen zu bringen ist.

Ich rief Deinen Namen.

Ich weinte laut und verzweifelt. Ich schrieb alle Fragen, alle Qualen auf unzählige Fetzen Papier.

Ich mußte irgendwie über diesen Tag kommen.

Und am selben Abend blieb Bertls Wagen vor dem Haus stehen. Er war da, um das Wochenende bei uns zu verbringen.

Wie hing ich an seinem Hals, als könnte ich hier Rettung finden, Ruhe und Erlösung! Wie sehr hatte ich vergessen, daß alle Sicherheit und Ruhe nur aus dem eigenen Innern kommen können!

Wie, dachte ich – hätte ich nur meinen Mann begrüßen sollen, wenn die vergangene Nacht mein Weibtum erfüllt, alles Glück über mich ausgeschüttet hätte? Und wie sehr vergaß ich, daß niemand und nichts, kein Gott, kein Mensch und ich selbst nicht diese Nacht mehr aus meinem Leben nehmen kann und daß ich sie fortan mit mir tragen muß, wie sie war, mit allen aus diesen zwei Stunden erwachsenden Folgen.

Ich versuchte, die Augen zu schließen und einen Sonntag mit Mann und Kindern zu leben, und Bertl war recht glücklich zu Hause und beinahe gelang es mir, ein wenig Frieden zu finden.

Aber was hatte ich geglaubt?

Mein Selbst zerteilen zu können?

Oder einfach in die Gewohnheit zurückgehen zu können und meine Liebe werde schweigen?

Oder hatte ich geglaubt, Herr werden zu können über die Stimme des Gefühls, sie einfach zu töten?

„Niemals habe ich einen Menschen so geliebt", hatte ich auf einen der Papierfetzen geschrieben – und darum wohl wußte ich nichts von der einschneidenden Bedeutung dessen, was mir widerfahren war. – Und auch Du, Gerhard, wußtest es nicht. Wieder reagierten wir beide gleich. Du bliebst fort und glaubtest genau wie ich Herr zu sein Deiner Seele und Deines Leibes und einfach ein Ende setzen zu können, wann es Dir beliebt.

Wir Eitlen!

Wir Vermessenen!

Hatten wir denn den Anfang gesetzt nach Belieben?

Wohl!, man *wird* geboren und *hat* die Freiheit, sich zu töten.

Erscheint uns deshalb der Selbstmord so verwerflich, krank, unmoralisch, gottlos, weil er auf dieser Vermessenheit basiert? Weil es eine Tat ist, die jeden Rechtes entbehrt? Wie reden die Menschen über solch eine „Affaire", wie sie mir geschah? Über solch einen „Skandal" – Da ich die Ältere bin, wird es wohl heißen: „Sie hat sich mit ihm etwas angefangen" und „er sollte Schluß machen" – Du lieber Gott – da hat nichts „angefangen" und da ist nichts zu „machen". Es war und ist und wird sein, ob wir das wollen oder nicht.

Beide dachten wir in eben diesen kleinen Maßen der Menschen, die uns erzogen hatten, der Menschen, die uns umgaben, und diese kleinen Maße hielten uns wohl in unsrer kleinen Bahn, aber sie verhinderten uns, unser eigenes Ich zu leben, verhinderten uns, uns ganz zu geben.

Wir verloren beide jeden Halt und stürzten gemeinsam, entsetzt die morsche Magerkeit bürgerlicher Moralbegriffe erkennend und dennoch Halt suchend gerade dort.

„Ich bin dir so bereit", sagtest Du in jenen zwei Stunden, als ich in nüchterner Klarheit nur den Schlafraum mit dem fremden Mann erkannte.

„Ich war nie verliebt in Dich", schrieb ich wenige Stunden später. „Ich liebte. – Und Du?"

Du bliebst die Antwort schuldig. In unserer seltsamen Geschichte war es uns immer nur ein einziges Mal gegeben, eine Geste, einen Blick, ein Wort zu verschenken.

Eine einzige Ballnacht seligen Tanzens.

Ein einziger Walzer in vollendeter Harmonie und gelöstem Glück.

Eine einzige Tagstunde in menschenleerer Wohnung.

Ein einziges Abendgespräch in Ruhe.

Einmal nur eine kleine Spanne völliger Befreiung und Küsse der Erfüllung. Einmal nur das Beten über Deinem schlafenden Gesicht.

Einmal das Ordnen Deiner Kleider.

Und einmal aus Deinem Mund die Worte: „Ich liebe dich."

Was hatten wir bloß gedacht, selbst zu entscheiden, zu tun, zu wollen?

Ganz ruhig, ganz klar, ganz hell hatte ich erkannt:

Vor Gott und den Menschen – ich liebe ihn mit Leib und Seele.

Und diese Erkenntnis hatte mich ganz ruhig, ganz stark, ganz gläubig gemacht.

Warum, mit welchem Recht, wem zu Nutzen glaubte ich meinen Leib verweigern zu müssen? Zitternd einer zittrigen Moral gehorchend, um dann zu spüren, daß diese scheinbare Tugendhaftigkeit mich ganz klein, ganz erbärmlich, ganz armselig gemacht hatte?

Zu schwach, um eine schwache Erziehung zu durchbrechen. Zu arm, um einen armseligen Begriff von Tugend zu zerstören. Zu feige, dem eigenen Ich einfach ins Gesicht zu sehen. Nun wurde ich dazu gezwungen. Von einer Macht, der ich geglaubt hatte ausweichen zu können. Nun wurde ich gestraft. Gestraft für alle Selbstverleugnung, für alle Selbstherrlichkeit. „Herr", hatte ich zu beten versucht, „mach ihn frei, ich werde es ertragen." Meine Seele zerbrach unter der Wucht des Schmerzes, mein Körper brannte im Feuer des Schoßes und ich weinte haltlos und unglücklich und voll Reue über mein Mißverstehen der Natur.

Ich rief Dich.

Ich schrieb ein paar Zeilen.

Und Du kamst.

Selbstverständlich und pünktlich.

„Irgendetwas hat sich geändert", sagtest Du. „Ich weiß nicht, was es ist – ich bin so ruhig."

„Ich habe vieles aufgeschrieben für Dich", sagte ich, „willst Du es lesen?"

„Ich bitte dich sehr darum –"

Und dann saßest Du mit den vielen Blättern in der Hand und ich ging Limonade machen und die Öfen nachsehen, um etwas Alltägliches zu tun, und war dann still neben Dir und sah Dein Gesicht, das so schmerzerfüllt aussah in diesen Minuten, und Deine Augen, die sich zu den meinen aufhoben, als sie den letzten Satz gelesen hatten, dieses: Ich kann nicht mehr –

„Bitte mach mir das zum Geschenk." Deine Stimme war brüchig.

Ich blickte staunend zu Dir: „Aber Du kannst doch das nicht mit nach Hause nehmen –" In jeder Minute war ich mir der Existenz einer Frau Wildener bewußt.

„Bitte! – Ich werde es später verbrennen." Ich liebte Dich – von mir aus konnte die ganze Welt wissen, was auf den Blättern stand, und so nahmst Du sie an Dich. Wir tranken Limonade und brachten ein Lächeln zustande und dachten an Schiller und Kabale und Liebe und hatten uns wohl in den Stunden des Glücks nie einander so geoffenbart wie in diesen vom Schmerz gezeichneten Minuten. Der ganze Sturm Deiner durch zwei Jahre gepeinigten Liebe schrie aus Deinen Worten.

„So kann man in eine Ehe eindringen, Gerhard", sagte ich, „aber so kann man keine Ehe beginnen –"

„Wenn Du mir nur ein wenig entgegengekommen wärst in jener Nacht – wäre es um uns geschehen gewesen."

„Können wir nicht in die Freundschaft zurückfinden, die es anfangs war?" „Viola, – das sagst du – es war nie Freundschaft."

Der ganze Sturm unserer Liebe schrie aus unseren Worten. Szenen, Gesten, Blicke lebten in uns wieder auf und die beiderseitige Erkenntnis, daß der andere ebenso gejubelt, gehofft, gelitten hatte, traf uns mit übermächtiger Gewalt.

Doch Du versuchtest, stark zu sein, und ich versuchte, stolz zu sein.

Du erhobst Dich und schautest mir mit diesem schwerverwundeten Blick in die Augen, gleichzeitig einige Schritte zurückgehend.

Im Vorzimmer hielten mich Deine Arme noch einmal und ich strich über Deine Wange und sagte, während ich den Kopf an Deine Brust lehnte: „Zum letzten Mal, das verspreche ich Dir." Und im selben Augenblick, da ich Deine Stimme fast hart über mir hörte: „Darum möchte ich auch sehr bitten", spürte ich doch in Deinen Armen jene nicht zu bändigende zärtliche Kraft, fühlte ich in Deinem Griff die ganze wilde Sehnsucht und Deinen ganzen Kampf dagegen. – Dann standen wir uns noch einen Augenblick lang gegenüber. „Bitte Viola, darf ich etwas an dir tun?" Und auf mein Nicken hobst Du Deine rechte Hand und zeichnetest mir ruhig das Kreuz auf meine Stirn. „Behüt dich Gott." Deine ganze Innigkeit brach hervor und Du wendetest Dich jäh um und warst draußen.

Aber das Zeichen des Kreuzes, das mir Deine Hand auf die Stirn gezeichnet, trag ich in mir. Hell und leuchtend und es wird unauslöschlich bleiben in meinen Gedanken und meinem Gefühl.

Unauslöschlich und groß wie der Ball der Sonne am Firmament muß die Liebe in mir brennen und leuchten bejaht und hingenommen wie ein Naturereignis. Es hat ebensowenig Sinn, sie wegzuleugnen, wie es sinnlos wäre, die Augen zu schließen und zu behaupten, es wäre Nacht. Ich muß sie lösen von einzelnen erinnerten Worten und Gebärden, wie man sich loslöst von Hochsteigen und Sinken der Sonne und in sich trägt nur mehr das Leuchten des Tages. Sie darf nicht Teil meiner selbst sein, sondern muß als Ganzes mein Ich werden und sich so verströmen und verschwenden in jedem Atemzug. – Wenige Tage später war es, da ging ich am Morgen durch die Räume meines Hauses und lachte laut, lachte hellauf vor mich hin und konnte nicht an mich halten und warf mich in Stühle und aufs Sofa und erstickte fast in meiner unnatürlichen und fassungslosen Heiterkeit.

Ich war am Abend aus gewesen und hatte im Fernsehen ein französisches Lustspiel gesehen. Spritzig, voll Humor und Lebensweisheit. In Erkenntnis meiner eigenen germanischen Schwerfälligkeit und aus der verzweifelten Hilflosigkeit einer Verirrten heraus, – in der Ahnung, vielleicht einem lächerlich tapsenden Menschen im Spiegelkabinett eines Rummelplatzes zu gleichen, war ich die halbe Nacht wach gesessen, voll Tränen und voll Gedanken, die mich wirr und unselig in immer neue Visionen hetzten. Lange nach Mitternacht kroch ich unter meine Decke, zerschlagen und müde und gequält von einer bitteren Betroffenheit über meine eigene Unreife.

Kurz darauf weckte mich die Türglocke. – Ich öffnete matt und mit einem Zittern in allen Gliedern und sah in Gustls Gesicht und dahinter Deine Gestalt. – Wir saßen alle drei um den warmen Ofen und unser Gespräch riß uns durch das Dunkel der Nacht in abgründige Tiefen und sternlichte Höhen. Als wir einen Augenblick lang allein im Zimmer waren, strich ich Dir leise übers Haar, Gerhard, – vielleicht – wenn ich mich zu Dir geneigt hätte – wären wir in einem Kuß ertrunken – aber das Kreuz, das Deine rechte Hand mir auf die Stirn gezeichnet hatte, bändigte meinen Leib ebenso wie das gegebene Wort auf Deine Bitte, nichts mehr von Dir zu verlangen. – Die Seelen aber schlangen sich ineinander, von Gustls Anwesenheit argwöhnisch überwacht, und gleiches Empfinden war

102

eben nicht auszuschalten, wegzuleugnen oder zu töten. „Man kann sich doch nicht befehlen: Fühle nichts" hatte ich vor wenigen Tagen zu Dir gesagt. Du hattest genickt: „Eben."

Und dies, diese Unfähigkeit dem eigenen Fühlen gegenüber, dieses Wiederkehren Deiner Augen mit dem eifersüchtigen Gustl als Bewacher dazu, dieses Sehen, daß auch Du, genau wie ich unfähig und hilflos in Deine Liebe verstrickt warst, brachte mich zu dem irren, kalten und wilden Lachen des Morgens.

Das Lachen wischte über mich hin wie ein Wirbelwind und entließ mich ausgeblasen, durchrüttelt und toll. Und dann überfiel mich die Sehnsucht wieder, gleich einer heftigen Sonne nach dem Gewitter, grell, blendend, hemmungslos.

Die Tage vergingen in ihrem gleichen natürlichen Maß, aber ich hastete, stürmte, rannte an ihnen vorbei. Ich wußte Dich in nächster Nähe und verzweifelte an meinen und auch Deinen Worten, die uns selbstgeschaffene Fesseln auferlegten.

Und dann war meine Kraft zu Ende.

Als ich durch die Gassen lief mit meinem Einkaufskorb und mir den Kopf zermarterte, auf welche Art ich ein Zusammentreffen mit Dir in die Wege leiten könnte, stand ich plötzlich Walter Kaiser gegenüber.

„Walter", sprang es atemlos aus mir hervor, „ißt du heute zusammen mit Gerhard?"

„Natürlich."

„Sag ihm bitte, er möchte einen Sprung bei mir vorbeikommen!"

Das war nicht aufzuhalten gewesen.

Nach der üblichen konventionellen Plauderei lief ich allein weiter und nach Hause. – Nach diesem so selbstverständlich erscheinenden, endlich gefundenen Ausweg – nach einer plötzlichen hellen Erleichterung – überfallen und geängstigt von tausend Zweifeln. Mit welchem Recht versuchte ich Dich zu rufen? Wo blieb mein gegebenes Wort, das ich sprach, als Du das Kreuz auf meine Stirn zeichnetest?

103

Was um Gottes willen wollte ich noch? Nun war ich wohl gänzlich verrückt. Von Sinnen vor geilem Begehren. Außer Rand und Band.

Ich stürzte zum Telefon, rief die Fabrik an, ließ mir Walter Kaiser an den Apparat holen. „Danke, Walter, Gerhard braucht nicht mehr zu kommen, ich hatte eine Frage, die hat sich von selbst gelöst –"

Zerschlagen schlich ich in die Küche, schürte das Feuer, stellte einen Topf Kaffee hin, holte eine Zigarette. Und hörte Deinen Schritt.

„Hilf mir", sagte ich nur tonlos und lehnte den Kopf an Deine Schulter. Einen kurzen Augenblick hieltest Du mich fest mit der immer gleichen zärtlichen Kraft Deiner Arme. Aber der Klang Deiner Stimme war spröde und Deine Augen hart, als Du mir gegenübersaßest und sagtest: „Nein, Viola, ich kann nicht helfen." Dann zwangst Du uns mit eisernem Willen in eine alltägliche Bahn. „Was macht ihr zum Wochenende? Was schreibt Bertl von seiner Arbeit?" Ich glaube, meine Antworten waren unsinnig und gestammelt. Während ich Dir zusah, wie Du mit dem Bleistift kleine Löcher in meine Tischplatte hacktest, hörte ich von Deiner spröden Stimme, daß Inge am Vorabend hier gewesen war, daß sie am Morgen erst heimgefahren sei, daß Du nun zum Essen müßtest, weil Walter Kaiser auf Dich warte. Doch als ich die Hände vor mein Gesicht schlug, voll verzweifelter Scham, hob Deine Rechte sie leise weg und alle Wärme Deines Herzens lag in dem dunklen Klang Deiner Worte: „Versteck dich doch nicht, Viola –", aber schon war die Härte der Augen wieder da: „Mir kommt da ein blöder Gedanke, nun, da Bertl auf Reisen ist, und wir hätten jede Möglichkeit, und nun kann es doch nicht sein –" Ich mußte lächeln: „Ich sollte Dir dankbar sein, daß Du mich immer wieder an den Platz verweist, auf den ich gehöre –" Zum Abschied gabst Du mir die Hand mit festem Druck, wie einem männlichen Kameraden.

Nun trank ich den Kaffee und rauchte die fünfte Zigarette und sprach es vor mich hin, laut, um es zu hören und zu glauben und die Härte und Endgültigkeit zu verstehen – Mach dir nichts vor – mach dir ja nichts vor –

er kommt nicht wieder –
so ist es eben.
Mach dir bitte nichts vor –
es ist vorbei.

Zwei Abende später war ich so weit, zur Klarheit mir selbst gegenüber zu finden.

Nun sind deine Träume zerrissen
wie einstmals die Seiten deines Bilderbuchs.
Und du hast es selbst getan.
Wie damals.

Du weißt nun, daß du stark genug
bist, die bunten Bilder zu zerstören.
Und nun weinst du.
Wie ein Kind.

Entzwei ist der Zauberwald und der wunder-
schöne Märchenprinz hat einen Riß
mitten durch sein Herz.
So ist es nun.

Auch die gütige Fee gab es nur
auf den Bildern, die nun entzwei sind.
Du kannst sie ins Feuer werfen oder kleben –
ganz werden sie nie mehr.

Nun staunst du über dich selbst
und über das, was hinter den Bildern
ist, und du möchtest die Mutter rufen.
Wie einst.

Du möchtest schlafen gehen und behütet sein.
Und nochmals in den Träumen
alles so sehen, wie du es wünschst.
Aber das geht nicht.

Da hast du nun das Leben. Zwischen den
zerrissenen Bildern deiner Träume
kannst du es fassen.
Wie damals den Fußboden.

Und mit erschreckten großen Augen
kannst du die klare feste Härte
schauen und sie nehmen.
Wie sie ist.

Ich ging zu Bett, legte mir Bertls Brief unter das Kopfkissen und griff
ihn fest mit meiner Hand, klammerte mich mit dem Körper daran,
als ob der belanglose Bericht mir Kraft geben könne oder Halt.
Draußen tobte ein ungebärdiger Wind, ein kalter Wind, der mit
den Fensterläden eine trommelnde Musik veranstaltete, und Regen
prasselte an die matten Fensterscheiben. Meine Finger krallten sich
in das Papier des Briefes, aber meine Lippen flüsterten den geliebten
Namen und mein Leib krümmte sich unter den Qualen der Seele.
Seltsam unwirklich war diese Nacht, in der sich der Ton der Hausglocke ebenso verirrte wie mein jagender Puls. Und im Rahmen der
geöffneten Tür standest Du. Sagtest kein Wort. Sahst mich nur an
– und vor dem Hintergrund jagender Wolkenfetzen und regenge-
peitschter Bäume blickte ich in die schönsten Menschenaugen, die
ich je gesehen hatte.
Wir machten kein Licht. Und als ich Dir folgte in die Dunkelheit
des Zimmers, standest Du unbeweglich, eine schwarze Silhouette in
Deinem nassen Mantel. Schweigend und behutsam nahm ich Dir
die Kappe vom Kopf und strich leise über Dein Haar.

Und wir hatten immer noch kein Wort gesprochen, als wir einander an den Händen haltend auf der Bettkante saßen und unsere Lippen sich suchten. Später, im Dunkel der Zeitlosigkeit, sagtest Du: „Warum bin ich nun doch gekommen, warum?"

Und ich antwortete: „Weil wir keine Götter sind."

Draußen rauschte der kalte Regen nieder, der Wind drückte auf die Fensterscheiben und schüttelte die Türen.

Wir umklammerten uns in der verborgenen Wärme des Raumes.

„Ich habe so sehr geweint, Gerhard."

„Was glaubst du denn, was *ich* getan habe?

„Eine ganze Schachtel Zigaretten habe ich gebraucht."

„Ich war zu keiner Arbeit mehr fähig."

„Und ich habe geglaubt, ich sei so allein."

„Nein."

Wir fanden zueinander und ich wußte, daß ich nichts verweigern konnte, wollte und durfte.

Und ich wußte um die einmalige Größe dieser Stunden und um ihre Bedeutung für mein Leben.

Ich war klar, ruhig und bereit.

Dankbar und innig.

Demütig.

Und beim zweiten Mal war ich Dir ganz offen und fühlte Dich wach und unsagbar selig und hörte den Schrei Deiner Lust, überströmt von einer Wonne, deren Größe mich vergessen ließ, daß ich Dir nicht hatte folgen können. Und ich lächelte vor Glück und streichelte Deine Augen, die so bestürzt waren, weil Du vorangestürmt warst. Ich war so erfüllt von Deiner Berührung und von Deinem Leben in mir und von einer neuen freien Gelöstheit, die ich ganz deutlich an mir fühlte, als ich so nackt und bloß quer durchs Zimmer lief, um die Zigaretten zu holen.

Ich war mir der Einmaligkeit der Stunde, der Tiefe des Glücks, der Nähe aller Gottheiten ganz tief bewußt, ich nahm jeden Augenblick als ein Geschenk unendlicher Größe, ich wußte, daß es nichts zu fragen, nichts zu verwehren, nichts zu bedenken gab. Dennoch ahnte ich nicht um die Unauslöschlichkeit jedes Wortes, jeder Bewegung, ahnte nichts von dem Wahnsinn an hungriger Sehnsucht, den diese Unauslöschlichkeit hervorrufen muß, ahnte nichts von den Martern und Entbehrungen, die der Erfüllung folgen mußten.

„Ist es nicht entsetzlich", sagtest Du, wie immer zuerst in die Wirklichkeit findend, „daß ich es keinem Menschen sagen kann, wie stolz und wie glücklich ich bin?"

Und dann stürzte alles über Dich her, was uns beiden das Gehirn zerquälte. „Wenn du nun ein Kind bekämest – und Inge – ich habe sie doch lieb – was zieht uns so zueinander? Es ist nicht nur der Körper, das ist es nicht."

Als Du dann angezogen vor mir saßest, kniete ich nieder und meine Hände hoben sich zu Deinem Antlitz und ich zeichnete mit den Spitzen der Finger jede Linie Deines Gesichts nach, als wäre ich blind, als müßte für ewig ich mir diese Züge einprägen, als könne ich sie dadurch mir einverleiben, an mich nehmen, mir bewahren. Und als ich meine Hände sinken ließ, fühlte ich die Deinen an Schläfen, Wangen und Mund und schloß die Augen und fühlte Deine Finger über die Lider gleiten und die Brauen und spürte in trunkener Benommenheit Dein ganzes Ich und spürte die ganze ungeheure Seligkeit dieses Gebens und Nehmens, die ganze göttliche Wucht des Zueinandergeführtwerdens, die ganze einfache Hingabe an Gott, Natur, Leben.

Dann sahen wir uns an.

In Deinem Blick lagen Dankbarkeit, Glück und Staunen.

„Bitte, Viola, geh zum Spiegel", sagtest Du mit einer merkwürdigen Eindringlichkeit in der Stimme. „Bitte sieh dich an – du bist ein zwanzigjähriges Mädchen –"

„Vielleicht."

Dann läutete der Wecker. Es war Zeit, die Kinder zu rufen.

Du nahmst den Mantel. Du sahst in den Spiegel. „Wer bist du nun?", fragtest Du das Spiegelbild.

„Ein Schwein? – Oder nicht?"

Ich hob leicht die Hände. „Bitte, Viola!"

„Ich laß Dich ja schon gehen."
Ich stand vor der Tür und hatte Deine Augen nahe vor mir.
Und gab die Tür frei.

Ich habe einzig und allein das ganz sichere Gefühl, das mir bestimmte Schicksal klar und ruhig erfüllt zu haben. Ich habe nicht Angst, noch verspüre ich Reue noch Gewissensqualen irgendwelcher Art. Es geschah nur das, was geschehen mußte, so wie es Morgen oder Abend wird in der Welt, oder so wie der Frühling kommt oder der Winter. – Ich lebe und bin eine Ganzheit für mich im unendlichen All, ein winziger Teil in der wunderbaren Natur, dem das große Glück zuteil wurde, sich ohne Frage in Demut zu unterwerfen und glücklich zu sein. – AMEN.
„Schlaf jetzt, Viola", hattest Du zu mir gesagt, „schlaf gut und tief – du wirst es können." Nie hat ein Mensch vor- oder nachher mir ebenso einfach und still, so zärtlich besorgt gute Ruhe gewünscht.

Doch so gerne ich in den Klang Deiner Stimme gehüllt mich dem Träumen überlassen hätte – es war heller Tag. Frühstück, Schulbrote, Schulkleidung, Betten ordnen und dann der Zahnarzt. Ich war bestellt für diesen Morgen. Das war nicht zu ändern.
Nasser Schnee fiel vom Himmel und der kalte rüttelnde Wind trieb die Flocken parallel zum Boden. Ich mußte die Mantelkapuze über das Haar schlagen und steckte die Hände tief in die Taschen, als ich das Haus verließ. Mein Gesicht und mein Körper waren heiß und badeten in der Kälte, die an den Wangen prickelte. Nie war mein Schritt so leicht gewesen, mein Herz so schwebend, das Gefühl zu leben so groß.
Im geheizten Wartezimmer hielt ich die Hände über dem Schoß gefaltet, als hätte ich Angst, mein Leib könnte bersten in dem überwältigenden Bewußtsein Deines Lebens in mir.
Meine Demut war grenzenlos.
Sollte ein Kind werden oder nicht.
Alles lag in Gottes Hand.

Alle Fragen waren klein und belanglos.

Alles Denken verblaßte vor der erschütternden Größe des Glücks.

Am Mittag riß mich das Telefon in das Zeitmaß zurück. Es war Gustl. „Ich habe mit Bertl gesprochen. Ich soll dir sagen, er kommt heute Abend."

Bertl!

Heute Abend!

Kein Schlaf dazwischen.

Keine Ruhe.

Bertl.

Es wurde ein Abend am Kamin, wie die Abende oft im vergangenen Winter gewesen waren. Gustl kam und Kalmann, um mit Bertl dies und das zu besprechen, nach dem Stand der Dinge im zweiten Werk zu fragen, um die Ruhe und Wärme unseres Heims zu genießen. – Die Wärme war da. Aber nicht die gewohnte Ordnung. Bertls Koffer stand offen im Raum, mein Nähzeug war nicht weggeräumt worden, die Kinder kamen nicht zur Zeit ins Bett.

Meine Augen brannten, mein Kopf schmerzte und der glückselige Leib fühlte sich verirrt und verloren.

Ich sah die vertrauten Gestalten wie im Traum.

„Schlaf gut" hattest Du gesagt, „schlaf gut und tief" – Wer das dürfte!

Allein sein!

„Der Wildener war heute nicht ganz auf der Höhe", hörte ich Kalmann sagen, „aber sonst läuft alles gut."

War nicht ganz auf der Höhe heute – war nicht auf der Höhe.

Ich lächelte und suchte in den Gesichtern, im Widerschein der Mienen zu erkennen, ob auch ich „nicht auf der Höhe" schien.

Gewohnte Stimmen, gewohnter Raum, Bertls Lachen, Zigaretten, Kaffee, „oh danke, die Kinder sind recht brav" – „darf ich Ihnen ein paar Brötchen richten?"

und Bertls Lachen dazwischen. „Ja, die Fenster schließen hier nicht gut – aber der Ofen ist in Ordnung." Und Gustl füllte mein Glas.
„Was ich von dem neuen Minister halte?", und mein Leib, meine Seele, jeder Gedanke – erfüllt von Dir – Gerhard.
„Ist es nicht entsetzlich", hattest Du gesagt, „daß ich es keinem Menschen sagen kann, wie stolz und wie glücklich ich bin?" –
Am nächsten Tag saß ich mit meiner Handarbeit am Fenster und die Sonne war kräftig und warm auf mir. Bertl saß mir gegenüber und sah von seinem Buch auf. Fast verwundert betrachtete er mich.
„Du bist sehr schön –"
„Danke", lächelte ich.
„Ist es nicht entsetzlich, daß ich es keinem Menschen sagen kann, wie stolz und wie glücklich ich bin –"
Und in der Nacht hielt mich Bertl in den Armen.
Und meine Lippen versuchten das behutsame Schweigen, während mein Herz mir in das ausgeleerte Hirn plärrte.
Mein Gott, was bist du für ein Weib!
Und am Morgen suchte ich ein Blatt Papier.
Weiß und klar lag es vor mir auf dem Tisch und langsam begann ich es mit Worten an Dich lebendig und kraftvoll zu machen.
Ich erinnere mich genau, wie Satz um Satz aus mir heraustropfte wie Blut aus einer Wunde, ebenso unveränderlich und mit zwingender Gewalt und ohne mein Zutun.
„Wir wollen versuchen, wenigstens am Rande einer Komödie zu bleiben", schrieb ich, „und wir wissen beide ganz genau, daß wir jeder den Platz, an den wir gestellt wurden, ausfüllen wollen" – und ich erinnere mich ebenso, wie meine Hände sich in das Holz des Tisches krallten, bevor ich schrieb: „Und nun bitte ich Dich, nach Möglichkeit mein Haus nicht mehr zu betreten."
Ich warf den Brief in den Kasten. Mit allem Elan stürzte ich mich in meine Arbeit, die Probleme der Kinder und versuchte ruhig und gelassen auf die Antwort zu warten, um die ich Dich gebeten hatte.

Die Antwort war zum frühestmöglichen Termin da. Ich schob das Öffnen des Kuverts hinaus, bis alle Arbeit im Haus getan war. Ich holte mir eine Zigarette und setzte mich.

Dann las ich die wenigen Zeilen. Und las immer und immer wieder den Satz: „Hab Dank für jede Minute."

Ich hatte geglaubt, stark zu sein. Ich hatte geglaubt, Kraft zu haben. Kraft, durch die Größe meiner Liebe. „Wir wollen versuchen, uns voneinander zu lösen", hatte ich Dir geschrieben. Und zum Schluß: „Ich werde es können, weil ich Dich liebe."

Aber nun zitterte ich am ganzen Leib und die Tränen strömten über meine Wangen. „Herrgott", sprach ich laut, fast schrie ich es zu meinem eigenen Erstaunen. „Herrgott, nun wünsche ich mir das Kind!", und ich hielt mir die Hände an den Leib, als könne ich ihn damit beschwören. Wie hatte ich jemals Angst haben können vor der Verantwortung, die ein neues Leben mir auferlegen würde, wie hatte ich jemals geglaubt, meine Liebe verweigern zu müssen, um einem Ungeborenen Schmerz und Unbill zu ersparen? Wie hatte ich Dir antworten können, ich müsse erst darüber nachdenken, wie sehr ich mir ein Kind von Dir wünsche? Jetzt wußte ich es, daß es ein glühender, heiliger Wunsch war, der in mir brannte, seit ich Dich zum ersten Mal gesehen hatte. Jetzt wußte ich, daß ich nicht *dann* im Unrecht war, als ich liebte, sondern in jenen Stunden, da ich diese Liebe verleugnend mich verweigerte.

„Vor Gott und den Menschen", hatte ich mir geschworen, „ich liebe ihn mit Leib und Seele", und diesen Schwur hatte ich gebrochen, als ich verfangen in kleinlichen Moralbegriffen meinen Körper blindlings versagte.

„Ich will ein Kind, das so ist wie du", waren Deine Worte gewesen. Und mit vollem Recht hattest Du mich feige geheißen und mein Zaudern durchschaut. Gott läßt nicht handeln mit sich.

Ich war erbärmlich gewesen.

Ich verdiente Strafe.

Und ich bekam sie.

Wieder brach der Körper zusammen. Er wurde nicht gesegnet, der Leib, er wurde verdammt. Ich wurde krank. Einen ganzen Vormittag lang kämpfte ich mit mir. Schrieb ein paar Worte an Dich und warf sie wieder ins Feuer, lief auf und ab, tobte gegen alle Fesseln ehrenhafter Haltung, die ich mir selbst auferlegt hatte, wollte Deine Sätze, Deinen Glauben an meine Kraft zerstören, wollte nur eines an Dich schreiben: Sehnsucht!

Blieb dann an dem Bewußtsein von Inges Existenz hängen, an der Erkenntnis der Ausweglosigkeit, an der Scham vor all den beobachtenden Menschen.

Begann zu fiebern.

Bekam Schmerzen am ganzen Körper.

Lief zum Arzt. Schluckte Medikamente.

Lag zu Bett.

Bertl war da.

Du warst abgereist. Für einige Wochen. Geschäftlich.

Man teilte mir mit, daß Du in Kürze im zweiten Werk arbeiten würdest, von wo Bertl eben erst gekommen war.

An mir war alles zerbrochen.

Ich wurde immer schwächer.

Ich mußte dem Arzt die Liebe preisgeben.

Ich war allein.

Bertl gegenüber schuldig.

Allem verschlossen.

Trotzig gegen Gott.

Ostern kam heran und damit unser Ski-Urlaub in den Bergen. Wir hatten die Kinder mit und es war für mich ein neues Atmen, losgelöst vom Alltag, von den gewohnten Räumen, von der normalen Tätigkeit. Luft, Schnee, Sonne, neue Gesichter, fremde Stimmen. Ich schlief viele Stunden und wenn ich dann erwachte, sah ich den stählernen Himmel über dem harten Glanz des Eises, das kalte Grau der Felsen, die knorrigen Äste, das tiefdunkle Grün der Latschen. Sah das Schwingen der Dohlen im Wind, hörte ihren Ruf. Im gleitenden Gehen auf den Fellen, hinter Bertl drein, gewann ich eine neue, tiefe Beziehung – zum Leben, ein neues Ergeben in die weise Einfalt der Schöpfung. Dieses: Niemals wäre es so geworden, wenn alles andere nicht in seiner bestimmten Art vorangegangen wäre. Aber als ich in einer sonnigen Morgenstunde auf einem der Gipfel saß, ein Meer von schneebedeckten Bergen mir zu Füßen, Bertl und die Kinder mir im Rücken, – miteinander und den Skiern beschäftigt, – als ich so mit mir selbst und der Unendlichkeit ganz allein war, stürzte die Gewißheit über mich her: Nie, solange ich atme, solange Gerhard atmet, kann die Verbundenheit unserer Seelen gelöst werden. Mögen wir uns voneinander entfernen, soweit es der Erdball erlaubt, mögen wir unsere Gedanken verwischen, ersticken, verbergen – tief im Unterbewußten, Unbewußten bleibt das Fühlen um des anderen Dasein, beglückend ebenso wie fesselnd und zwingend. Erschauernd vor der Ohnmacht menschlichen Wollens, anbetend vor der Größe der Natur, erhob ich mich, seltsam stark geworden und ruhig und einsam.

UND NUN ist es wieder Mai geworden, wie damals, als ich vom Berg heimkehrte, mit einem kräftigen Körper und getragen von der Sicherheit meiner neuen Erkenntnis. Es ist wieder Mai geworden und die Luft ist warm und voller Gerüche. Grün sind die Bäume, die Wiesen, die Gärten, leuchtend grün und voller Blüten stehen Hecken und Sträucher.

Welch eine Kraft in jeder Meterbreite Boden, welch selige Hingabe in jeder Blüte! Wie ist dies immer neue Wunder möglich?

Wärme strömt vom Himmel.

Wärme kommt mit dem Wind.

Sonne ist über allem.

Wird auch mich diese Wärme wieder erfassen können, dieser Wind durchrauschen, diese Sonne durchglühen?

Wird es jemals wieder Freude geben?

Ich sitze im Garten. In den Tagen des Alters – so kommt mir vor – ist die Farbe der Blüten intensiver, nehme ich sie mehr als Lebewesen wahr, die hungern, hoffen und danken.

Lebe mehr *mit* dem Garten als nur *in* ihm.

Auch die Geräusche des Sommers sind freudiger – das fernsüchtige Dahineilen der Schnellzüge, Intercity heißt das heute, als ob die deutsche Sprache keine Wörter für Eile oder Stadt hätte, das abendliche Brummen der Autos, Pkw sagt man, und das wiederum kommt vom deutschen „Personenkraftwagen", aus einer Zeit, die unsere Sprache hochhielt – auf jeden Fall bringen sie ihre Besitzer nach einem Arbeitstag heim – und fröhlich ist das knallende Gehopse des Balles der Nachbarskinder.

An einem Sommertag versuche ich um Mittag herum dem erwartungsvollen Altersgesicht im Spiegel mit etwas Farbe Verschönerung angedeihen zu lassen. Denn heute kommt *er*. Das Anlegen der gewählten Bluse ist um nichts weniger aufregend wie vor vierzig Jahren. „Wie vor einer Hochzeit" denke ich und fühle auch so.

Dann sitzen wir an demselben Tisch, an dem ich heute sitze, und staunen. Sie ist wieder da, die Poesie, sie ist wieder da, die geliebte Stimme – der Zauber ist ungebrochen.

Ich erinnere mich, was mir die Stimme vor vierzig Jahren gab.

„Wir haben uns lieb", sagte die Stimme damals – und: „Denk doch nicht."

Der Mann mit dem weißen Haarschopf heute: „Du erinnerst dich an die Worte – ich sehe Bilder vor mir."

Es gibt eine ungeheure Offenheit zwischen uns, eine Selbstverständlichkeit.

Wir sind klüger geworden. Reifer? Es gibt eine ganz große Gemeinsamkeit in unser beider Leben. Jeder durfte eine Zeitlang Teil des anderen Lebens sein. Teil? – Was für ein Teil? Ein unerhört wichtiger? Wie nenne ich es jetzt? „Die vergangene Zukunft." Das war es eben. Wir hatten nie eine. Darum war jeder Augenblick größer. Einmalig.

Du bist immer von weit hergekommen. Von hohen Bergen, von anderen Menschen, vom weiten Meer – um ungebremst in mich hineinzustürzen voll glücklichen Fühlens intensiv in der Gegenwart. Und um ebenso plötzlich, fast schmerzhaft wieder zu entgleiten. „Es war eine Flucht", sagst Du heute, denn wir konnten weder die Vergangenheit leben noch die Zukunft noch heute die Gegenwart. Immer einer von uns gebunden in Ehe, Familie, in einem anderen Leben.

www.ingramcontent.com/pod-product-compliance
Lightning Source LLC
Chambersburg PA
CBHW030146200626
46812CB00015B/1717